AF233725

C. de Meyer 1764.

PTOLOMÉE,

TRAGI-COMEDIE.

Par le Sr DE CHARENTON.

A PARIS,

Chez N. PEPINGVÉ, ruë de la Huchette.
Et en sa Boutique au premier pilier de la
grande Salle du Palais, vis à vis les
Consultations, au Soleil d'or.

M. DC. LXVI.

A SON EXCELLENCE

MONSEIGNEUR

LE COMTE

DE KONISMARK

GRAND CHAMBELLAN
du Roi de Suède, Capitaine
des Gardes du Corps de S.M.
de ... Ambassadeur ...
ordinaire de France

MONSIEUR,

A SON EXCELLENCE

MONSEIGNEVR

LE COMTE

DE KONISMARK,

GRAND CHAMBELLAN
du Roy de Suede , Capitaine
des Cheuaux-Legers de ſa Garde, & ſon Ambaſſadeur Extra-
ordinaire en France.

ONSEIGNEVR,

C'eſt Vous que j'ay choiſi

EPISTRE

pour estre le Protecteur illustr
d'vn Prince qui fut autan
recommandable dans son sie
cle que Vous l'estes dans
nostre.   C'est de Vostre Ex
cellence, MONSEI
GNEVR, *qu'il ose atten*
dre le suffrage pour se mon
strer au Public, n'ayant ja
mais eu la hardiesse de passe
dans ses mains s'il n'auoi
auant passé dans les Vostre
Ne Vous estonnez pas
son choix, ou plustost du mie
apres que le grand Condé, don
les lumieres égalent la Va
leur, semble engager tous l

DEDICATOIRE.

*François à Vous rendre leurs
hommages par l'estime qu'il fait
de vos belles qualitez. Ie
deurois apres luy au nom de
toute la France, si mon Present en estoit digne. Vous
donner par là quelques mar-
ques de ses reconnoissances,
d'estre venu confirmer l'amitié des deux plus grands Roys
qui regnent aujourd'huy sur
la Terre, & dont les forces
vnies par l'entremise de Vostre Excellence, les rendront re-
doutables à tous les autres.
Ie remets à vne Plume plus
delicate que la mienne, à pu-*

EPISTRE.

blier les loüanges qui Vous
en font deuës, pour laiſſer vne
exemple à la Poſterité de voſtre rare Conduite. Ie n'en-
treprendray pas non plus,
MONSEIGNEVR,
d'eſtaler icy les grands Em-
plois que Vous auez eûs dans
les Eſtats de la Suede, de
l'Eſpagne & de l'Angleter-
re, qui Vous ont fait me-
riter celuy que Vous auez
auprés de noſtre Auguſte Mo-
narque. Ie ne m'eſtendray
pas auſſi ſur les grands auantages que Vous tirez de l'eſclat de vos Anceſtres, dont

DEDICATOIRE.

l'Histoire est remplie des hauts faits; Ie me contenteray seulement d'estre du nombre de ceux qui publient vostre Gloire, afin que si leurs merites les rendent dignes de vos Bontez, mon Zele me rende aussi digne d'estre auec beaucoup de respect,

MONSEIGNEVR,

DE VOSTRE EXCELLENCE,

Tres-humble & tres-obeïssant Seruiteur,
DE CHARENTON.

ACTEVRS.

SELEVCVS, Roy d'Egypte, succeſſeur d'Alexandre.

CLEOPATRE, Reyne, femme de Seleucus.

PTOLOMEE, Prince eſtranger, Amoureux de Berecinte.

DORIMAN, Fauory du Roy, & Riual de Ptolomée.

BERECINTE, Princeſſe captiue, fille de Liſima-
chus, ſucceſſeur d'Alexandre.

LVCIAN, Confident de Doriman.

STRATON, Capitaine des Gardes du Roy.

CLEON, Capitaine des Gardes de la Reyne.

PAVLINE, Confidente de la Reyne.

SABINE, Confidente de Berecinte.

LES GARDES.

PAGES.

La Scene est en Egypte à Memphis.

PTOLOMÉE,

TRAGI-COMEDIE.

ACTE I.

SCENE PREMIERE.

PTOLOMEE, BERECINTE.

PTOLOMEE.

ENFIN voicy le iour fauorable à nos
       vœux,
Voicy l'aymable iour qui nous doit
      rendre heureux,
Qui donne vn beau succez à nos perse-
ucrances,
Et qui fait triompher nos iustes esperances:
Doriman dont la gloire explique le pouuoir,
A sceu l'adueu du Roy que ie viens de sçauoir.
Nous deuons à ses soins cette heureuse iournée,
Où nous serons vnis par vn doux Hymenée.
Ah ! que mon ame alors sçaura bien reparer,
Ce bon-heur languissant qui m'a fait soûpirer,
Et que le souuenir des miseres passées,

A

Laissera dans mon cœur d'agreables pensées!
Berecinte aduoüons que les Dieux tous puissants
Rendent le Roy sensible à nos vœux innocents;
Et comblent mes desirs de toute leur attente
En vous tirant des fers pour vous rendre contente.

BERECINTE.

Il est trop vray, Seigneur, que ma captiuité
M'anime à soupirer apres la liberté;
Il est vray que l'amour qui veut rompre mes chaînes
Doit changer en plaisirs la rigueur de mes peines;
Le cruel souuenir qui me vient chaque iour
De la mort de mon pere, & viure en cette Cour,
Est vn digne sujet d'animer mon courage
A chercher les moyens de sortir d'esclauage:
Mais ie ne puis celer par vn pressentiment,
Que ie crains la surprise en ce prompt changement
Et que nous croyans estre au comble de la joye,
D'vn mal-heur déguisé nous deuenions la proye.
Doriman est subtil, & l'interest du Roy
Le portera sans doute à vous manquer de foy;
Le refus que ce Prince a toûjours fait paroistre,
Est vn grand prejugé pour le faire connoistre;
Ne vous souuient-il plus de ces emportemens
Où le Roy furieux vous dit ses sentimens?
Lors que vous le pressiez de finir vostre peine,
Vous vistes son refus qui declaroit sa haine;
Ne vous flattez donc pas d'obtenir son aduen,
Quand ils taschent tous deux d'éteindre nostre feu.

PTOLOME'E,

C'est vn peu trop, Madame, auoir de defiance,
Ie dois à Doriman toute mon esperance,
Et le Roy qui n'agit que par ses seuls aduis,
Voudra bien qu'vne fois pour nous ils soient suiuis.
Vn semblable soupçon, est pour eux vne injure;
Il faut esperer mieux en cette conjoncture:

Mais Doriman paroiſt, finiſſons ce diſcours,
Parlons de la faueur que nous rend ſon ſecours.

SCENE II.

PTOLOMEE, BERECEINTE, DORIMAN, LVCIAN.

PTOLOMEE.

O Vous par qui l'amour reçoit tant d'aduantages,
Qui releuant nos cœurs, animez nos courages,
Que deuós-nous vous rendre apres tant de bien-faits?
Peut-on ſouhaiter plus pour eſtre ſatisfaits?
Ie dois pour Doriman ſacrifier ma vie,
Verſer pour luy mon ſang, ſa vertu m'y conuie:
Ouy genereux amy, l'amour pour mon bon-heur
Doit à voſtre amitié la moitié de mon cœur.

DORIMAN.

Seigheur, parler ainſi, c'eſt vouloir me confondre,
A vos ciuilitez ie ne ſçay que reſpondre,
L'honneur de vous ſeruir eſt le prix que i'attens,
Ie ſuis recompenſé ſi vous viuez contens:
Mais ceſſons ce diſcours pour épargner ma honte,
Il faut pour vn grãd Prince vne action plus prompte.
Soyez pourtant certain qu'en toute occaſion
Mon cœur n'aura point part à ma confuſion:
Vous deuriez deſia jouyr de voſtre flame,
Le temps que vous perdez le reproche à mon ame;
Mais le Roy que ie quitte a promis qu'en ce iour
On voiroit l'amitié couronner voſtre amour.

PTOLOMEE, ſe tournant vers Berecinte,

Madame, nous peut-on monſtrer plus de franchiſe?
Peut-on pour nous plus faire apres cette entrepriſe?

Allons ſans perdre temps en rendre grace aux Dieux,
Puis qu'aujourd'huy le Roy doit accomplir nos
    vœux.
Et vous de qui depend toute noſtre eſperance,
Continuez de grace à nous rendre aſſiſtance.
       DORIMAN.
N'en doutez point, Seigneur, aſſeurez-vous en moy,
Et ie mourray plûtoſt que vous manquer de foy.

SCENE III.

DORIMAN, LVCIAN.

LVCIAN.

VOus ne ſçauriez, Seigneur, témoigner dauātage,
  Les plus beaux ſentimens de voſtre grand cou-
    rage.
Ces deux Amants s'en vont de vous ſi ſatisfaits,
Qu'il ſemble que leurs cœurs touchent à leurs ſou-
    haits ;
Il eſt vray que de vous dépend leur Hymenée,
Ils vous deuront, Seigneur, cette grande iournée.
       DORIMAN.
Ah ! que tu connois mal les projeȼts de mon cœur,
Quand l'amour de ſes traits s'eſt rendu mon Vain-
    queur ;
Sçais-tu que Bereceinte a captiué mon ame ?
Sçais-tu que ſes apas ont fait naiſtre ma flame ?
Et que mon cœur charmé du prix de ſes beautez,
Ne peut ſouffrir qu'vn autre ait ſes felicitez ?
Cette feinte amitié que i'ay pour Ptolomée,
Eſt vn piege à ſes iours de ma haine enflamée ;
Apprend qu'il doit perir.

LVCIAN.
                    Que dites-vous, Seigneur?
DORIMAN,
Vn secret iusqu'icy que t'a caché mon cœur,
Et ce iour pour l'Hymen qu'il croit qu'on luy de-
        stine,
Pousse tout mon dépit de presser sa ruine;
Mais ie te diray tout iusqu'au moindre incident,
Et de tous mes secrets ie te fais confident.
                LVCIAN.
De ces graces, Seigneur, ie me connois indigne;
Mais ma fidelité....
                DORIMAN.
                    Ie sçay qu'elle est insigne.
Apprend donc Lucian que la haine & l'amour,
Fauorisent tous deux les crimes de ce iour;
Et pour mieux arriuer à ma haute entreprise,
Qu'vne lettre en chemin qui doit estre surprise,
Est le piege tendu pour perdre mon Riual,
Qui dessous de faux traicts luy rend ce iour fatal.
Ie l'ay faite addresser au Roy Syphax son frere:
Tu sçais comme le Roy le croit son aduersaire?
Il reste à dire encor ce que contient l'escrit,
Pour iuger si ma haine en va faire vn proscript.
Voicy donc à peu prés les termes de la Lettre;
,, Mon Hymen accomply i'ose tout me promettre,
,, De releuer l'Estat du Roy Lysimachus,
,, Et perdre entierement celuy de Seleucus,
,, Dont i'ay iuré la mort.
                LVCIAN.
                    O Dieux! quelle surprise
Doit receuoir le Roy d'vne telle entreprise!
                DORIMAN.
Ie ne t'ay pas tout dit, la Lettre porte plus;
Qu'il veut vanger la mort du Roy Lysimachus,
Affermir son amour des coups de la vengeance,
                    A iij

Du fang de Seleucus figuer fon Alliance,
Qu'il s'eftoit affeuré des plus fermes guerriers,
Que Mars auec l'Amour luy femoit des lauriers,
Qu'auec qu'vn fort party dont il eftoit le Maiftre,
Ils vniffent leurs bras pour écrafer le traiftre,
Et fit diligemment fes troupes auancer
Pour punir le tyran qui fceut les offencer:
Iuge s'il doit perir apres ce ftratageme,
S'il fe peut garantir de ce peril extreme;
De la Lettre vn des fiens doit eftre le Porteur,
Et i'ay fceu Lucian....

           LVCIAN.
      Mais n'auez-vous point peur...
       DORIMAN.
Dequoy peur Lucian, luy mefme a fait la lettre?
        LVCIAN.
Cela n'eft pas affez, pouuez-vous vous promettre
Qu'il vous fera fidele à garder le fecret?
       DORIMAN.
Si i'ofois m'y fier ie ferois indifcret.
Afin de mieux t'inftruire & tout te faire entendre,
C'eft dedans vn paffage où l'on le doit furprendre:
Tu fçais que fous ces murs l'on s'affemble demain;
Que l'armee eft mandée exprés pour ce deffein;
Ie ne te cele point que c'eft par mon addreffe
Pour arriuer au poinct d'époufer la Princeffe
Que i'ay fait defirer vne reueuë au Roy
Pour vn project de guerre & qu'il n'a dit qu'à moy.
T'en dire dauantage, il n'eft pas neceffaire,
La fuite t'inftruira de ce qui fe doit faire:
Il fuffit de fçauoir que l'armee en ces lieux
Eft vn dernier moyen d'accomplir tous mes vœux,
Et qu'vn party déja, dont i'ay la foy pour gage,
Le porteur de la lettre attend à ce paffage:
Par les mefmes Soldats conduit à Seleucus,
Loin de luy rien nier, il doit encor dire plus;

Tous gagneront le camp, sa lettre apres rendue,
C'est là qu'il doit perir, ou sa mort attenduë.
LVCIAN.
Mais ne craignez vous point qu'on le fasse arrester?
DORIMAN.
I'ay sçeu preuoir le coup qu'il falloit éuiter;
Voy donc si d'vn Riual ie dois croire la perte,
Lors que l'occasion d'vn des siens m'est offerte,
Qu'en pense-tu?
LVCIAN.
            Seigneur, c'est vn homme perdu,
Pour aduancer sa mort le piege est bien tendu,
Seleucus dont l'esprit est plein de defiance
Le va faire arrester pour estre en asseurance,
Et ne manquera pas apres vn tel rapport
De l'ennoyer coupable, ou sans crime à la mort:
Mais ne pouuiez-vous point sans luy faire vne injure,
Iouïr de vostre amour que par cette imposture?
Le rang que vous tenez aujourd'huy dans la Cour,
Vous offre les moyens d'asseurer vostre amour;
Vostre Riual est foible auprés de vos puissances,
Et tout Prince qu'il est, où sont ses esperences?
Que peut-il obtenir auec sa grandeur
Quand il n'a de soustient que de vostre faueur,
Et qu'il attend de vous le fruict de sa conqueste?
DORIMAN.
Tu iuge mal du coup qui menaçoit ma teste,
L'amour a des ressorts, & pour les preuenir,
Il faut perdre vn Riual qui peut tout obtenir:
Berecinte & le Prince ont fait voir dans leurs ames
Trop de force d'amour pour esteindre leurs flames,
Pour en venir à bout, il faut les separer,
Ie n'ay que cette voïe à pouuoir l'esperer;
Le feu qui les consume a monstré sa puissance,
Il faut pour l'arrester courir à la vengeance,
Mon amour m'y contraint, ma haine le pretend,
                        A iiij

Vn reste de pitié seulement les deffend;
Mais les charmans plaisirs qui flattent ma pensée.
Ont pour y paruenir mon ame trop pressee,
Qui pour mieux s'opposer à l'Hymen de ce iour,
Veut chercher dans la haine à seruir mon amour.
Le sort en est jetté, rien ne m'en peut deffendre,
Quand l'amour est le maistre, il peut tout entre-
    prendre,
Luy mort, elle est à moy, c'est là son interest.

LVCIAN.

Finissez ce discours, la Reine ici paraist,
Ie dois me retirer, Seigneur que vous en semble?

DORIMAN, bas.

Cét abord me surprend. Va, laisse-nous ensemble,
Quel sujet donc l'ameine & l'oblige à venir.

SCENE IV.

LA REYNE, DORIMAN, PAVLINE.

LA REYNE.

IE cherche Doriman à vous entretenir.
Sans faire vn long discours, ie sçay d'experience,
Combien en cette Cour vous auez de puissance,
Que le Roy pour agir prend & suit vos aduis;
Faites auprés de luy que les miens soient suiuis.
Ie veux de Berecinte accomplir l'Hymenée,
Pour elle sa parole à ce iour m'est donnée,
Il veut le differer, ce changement soudain
Me fait croire aujourd'huy qu'il change de dessein:
Ie dois à Ptolomée encor rendre vn office,
C'est de vostre credit qu'il tiendra ce seruice,
Auprés de Seleucus appuyez donc ses vœux,
D'vn Hymen qu'il attend, faites joindre les nœuds.

DORIMAN.

Quel sentiment, Madame, a donc pû vous seduire?
A quel comble de maux voulez-vous nous reduire?
Acheuant cét Hymen, c'est agir contre nous,
Et de tous les mal-heurs, nous attirer les coups.
La Politique veut qu'à tout on prenne garde;
Qu'on ne risque iamais dans ce qui nous regarde;
On prend ses seuretez, on voit dans l'aduenir,
On braue les hazards que l'on sçait preuenir:
Ouy l'Hymen de ce Prince auec Berecinte
Va donner d'vne guerre vne premiere atteinte,
Exposer cét Empire aux injures du sort,
Et nous donner en proye aux rigueurs de la mort.
Car ne presumez pas que le trespas d'vn pere,
S'efface d'vn grand cœur qui veut se satisfaire,
Que la perte d'vn Trosne auec ses Estats,
Soient de foibles soupçons pour ne la garder pas;
Croyez-vous que ce Prince espousant la Princesse,
Ne vange pas son pere où l'amour l'interesse,
Et qu'vn Sceptre perdu, dont son sang est jaloux,
Ne serue de motif pour armer contre nous?
Ouy, ouy l'esprit du Prince ayme trop la vengeance
Pour ne pas se porter à la derniere offence;
Peut-estre que déja dans ses nouueaux projets,
Il nous conte sans nous au rang de ses sujets,
Et peut-estre flaté de cette vaine gloire,
Il attend cét Hymen pour suiure sa victoire;
Pour mieux nous garantir, Madame opposons-nous,
Empeschons cét Hymen par vn juste courroux,
Employons nostre force à garder la Princesse,
N'escoutons plus tous deux contre nous la tendresse:
C'est vn puissant support pour nous que ses appas,
A l'abry de ces coups nous gardons vos Estats,
Et l'amour de ce Prince auprés de tant de charmes,
Doit par vn contre-coup nous seruir de ses armes;

Iugez ſur ces raiſons ſi l'on doit conſentir
Au traité d'vn Hymen pour nous en repentir,
S'il ne faut pas vous-meſme empeſcher la ſurpriſe,
Qu'vne injuſte pitié contre nous authoriſe.....

LA REYNE.

Il ſuffit, vos raiſons me découurent aſſez
Comme pour nous vos ſoins ſont fort intereſſez:
Mais vos precautions n'ont point de vrai-ſemblance,
Et voſtre politique a trop de deffiance.
La puiſſance du Roy ne ſe limite point,
Elle eſleue aujourd'huy ſa gloire au plus haut point,
Et les fronts couronnez viennent par leur hommage,
Confeſſer ſa grandeur, ſa force & ſon courage;
C'eſt donc mal prejuger des maux que vous craignez,
Lors que contre ſon bras vous ſeul les ſouſtenez.
Oüy, oüy, c'eſt s'oppoſer aux forces de l'Empire,
Quand vos foibles raiſons n'y veulent pas ſouſcrire,
Les projets de ce Prince ont leur but dans l'amour,
Il borne ſes deſſeins dans l'Hymen de ce iour;
Ce n'eſt qu'à ce bon-heur que tend ſon entrepriſe,
Son cœur eſt ſatisfait ſi le Roy l'authoriſe;
Ne refuſez donc pas ſecours à ces Amans,
Sous l'adueu d'vn ſoupçon contre mes ſentimens;
Accordez voſtre appuy ſans plus de reſiſtance;
D'vn grand cœur rebuté craignons la violence;
Berecinte en ces lieux peut cauſer des mal-heurs
Dont vn ſecret caché fait naiſtre mes douleurs;
Croyez-vous que ce Prince, apres tant de remiſes,
Apres tant de deſtours, de refus, de ſurpriſes,
Ne ſe portera point au dernier deſeſpoir,
Et ne monſtrera pas ſon funeſte pouuoir?
Et pouſſant ſa fureur iuſques au parricide
Du ſang de Seleucus il ne deuienne auide?
C'eſt cela qu'il faut craindre, & non pas vos raiſons,
Qui ne découurent point ces dangereux poiſons;
Quand l'amour a tout fait, qu'il n'a plus que la rage,

Il peut deſſus le Troſne acheuer ſon outrage,
Et meſpriſant la vie, en donnant tout au ſort,
Peut trouuer dans ſa perte à nous donner la mort.
Euitons ce danger, acheuons l'Hymenée,
Enuoyons ces Amans apres leur deſtinée,
Leur demeure eſt fatale, & ſans tant balancer,
Pour eſtre ſatisfaite il faut les deuancer.

DORIMAN.

Vous le voulez, Madame, il faut vous ſatisfaire,
Ie vais trouuér le Roy de ce pas pour vous plaire,
Taſcher que dans ce iour ces Amans ſoient heureux,
Acheuant leur Hymen qui couronne leurs vœux:
Mais pluſtoſt le porrer à fuïr cette Hymenée,   *bas.*
A perdre mon Riual qui fait ma deſtinée.

SCENE V.

LA REYNE, PAVLINE.

LA REYNE.

Qve mon eſprit, Pauline, a d'eſtranges ennuis,
Que ie le ſents troublé dans l'eſtat où ie ſuis,
Berecinte en ces lieux eſt l'objet de ma haine,
Sa preſence eſt icy la cauſe de ma peine,
Elle porte mon cœur au dernier deſeſpoir,
Ie voudrois m'en venger, & ie ſuis ſans pouuoir:
Il faut pour me ſeruir vſer de ſtratageme,
Il faut agir pour elle, & me trahir moy-mème;
Dure loy de mon ame, à quoy me reduis-tu?
De combien de deſirs mon cœur eſt combatu:
Mais enfin acheuons de ſeruir ma Riuale,
Par d'indignes moyens où mon ſort me rauale,
Vengeons-nous d'vn Eſpoux qui me manque de foy,
Qui met toute ſa gloire à viure ſous ſa loy;

PTOLOMEE,

Qui n'a que des mespris à present pour sa femme,
Pour estre preueu de sa nouuelle flame.
Qu'il est rude, Pauline, apres des feux sacrez,
De les voir presque esteints, & d'autres preferez!
De voir que Seleucus n'ayme que Bereccinte!
Qu'elle a tout son amour, d'où naist ma juste plainte,
Me croyant aujourd'huy l'obstacle à leurs desirs,
Et de haine & d'amour i'en pousse des soupirs.

PAVLINE.

Quel fondement, Madame, à vostre defiance?
Quel est vostre raison pour y donner croyance?
I'ay tousiours veu le Roy vous porter tant d'amour
Qu'on ne doit pas penser qu'il le quitte en vn jour.

LA REYNE.

Ce n'est pas d'aujourd'huy qu'il ayme la Princesse.

PAVLINE.

Croyez-vous de l'amour où ce n'est que tendresse?
Ce qu'il rend à son rang, c'est par ciuilité,
Que i'impute au respect, non pas à sa beauté.

LA REYNE.

Ah ! que tu connois mal les projets de son ame!
Ah ! que tu connois mal les secrets de sa flame!
I'ay crû que ton esprit penetroit plus auant,
Que tu sçauois connoistre vn respect deceuant
Que la ciuilité couure de bien-seance
Pour oster à ses feux toute leur apparence.
Que le mien sçait bien mieux penetrer dans vn cœur
Qu'vne flame maistrise, où l'amour est vainqueur!
Quelque dissimulé qu'il nous puisse paroistre,
Quand il est épié, qui veut le peut connoistre.
L'artifice du Roy pour me cacher ses feux,
Est vne forte preuue à ne point douter d'eux;
Cette prompte retraite aussi-tost qu'il ma veuë,
Qu'il quite Berecinte à ma seule venuë,
Aux esprits les plus forts feroit croire aysement
Que l'entretien qu'il cesse est vn éloignement;

Mais de quelque couleur que se couure sa flame,
De quelques mouuemens qu'il déguise son ame,
Apprend que de l'amour se font les vrays ressorts,
Qui cachent le dedans & monstrent le dehors;
Tu croirois qu'vn depit qu'vne rigueur enflame,
Seroit le desaueu de l'amour de nostre ame;
Que sous cette apparence vn cœur cesse d'aymer,
Quand contre sa nature il sert à l'enflamer;
Ainsi que le brasier d'vne fournaise ardente,
En y versant de l'eau rend l'ardeur plus brûlante,
Et dans l'antipatie où sont ces elemens,
Pour trop estre opposez, font des redoublemens.

PAVLINE.

Ces raisons n'ont pas lieu d'asseoir vne croyance,
Où tout leur fondement a bien peu d'apparence;
Ie vous le dis encor, Seleucus vostre époux,
N'a que pitié pour elle, & qu'amitié pour vous.

LA REYNE.

Pauline brisons-là, ie sçay ce qu'il faut croire,
Pour son propre interest autant que pour ma gloire,
Et pour de son injure interrompre le cours,
L'Hymen de Berecinte est l'vnique secours.
Allons y trauailler, chassons cette Princesse,
Et rendons à mon cœur sa premiere allegresse.

Fin du premier acte.

ACTE II.

SCENE PREMIERE.

LE ROY, DORIMAN.

LE ROY.

Qvi l'eut dit, Doriman, apres tant de faueurs,
Que iusqu'à moy ce traistre eut poussé ses fu-
reurs?
Qu'il eust porté son cœur espousant Berecinte,
A vouloir de mon sang que sa main se vist teinte?
Sans les Dieux qui tousiours conseruent ma Maison
I'aurois senty l'effect de cette trahison;
Il eust mis mes Estats en desordre au pillage,
Et sans aucun combat satisfait à sa rage.
Tu vois pour m'asseurer que ce n'est qu'en sa mort,
Que i'esuite les coups & d'vn traistre & du sort,
Tu connois par sa lettre où va sa perfidie.

DORIMAN.

Feignons vn sentiment de luy sauuer la vie.
Pour donner plus de poids à la sincerité;
Ie suis surpris, Seigneur, de sa temerité,
Mais c'est aux grands forfaits qu'esclatte la clemēce,
Et vous excuserez cette premiere offense;
Le pardon quelquefois fait plus que la rigueur,
Le faisant repentant, c'est regagner son cœur;
Encor qu'il eust iuré de vous oster la vie,
Apres son crime absoû loing d'en auoir enuie,
Ses desirs n'iront plus qu'à respandre son sang,
Pour reparer sa faute & reprendre son rang.

LE ROY.

Mais quoy ne sçais-tu pas qu'en bonne politique,
Les crimes pardonnez se tournent en pratique?
Iamais pour la Couronne on ne doit hasarder,
Et quiconque le fait ne veut pas la garder.
Les termes de sa lettre ont monstré son audace,
Et ie dois par sa mort preuenir sa menace.
La Reine adroitement fait enqueste sous main,
S'il est seul à tramer son perfide dessein;
Ie veux auecque luy punir tous ses complices,
Qu'aucun pour me vanger n'eschape des supplices,
Et mon ordre est donné de l'amener icy;
La Reine que i'attends le doit .... mais le voicy.

DORIMAN.

Tesmoignons prendre part aux mal-heurs qui se
    pressent,   *bas.*
Où pour le mieux trōper mes yeux seuls s'interessent.

SCENE II.

LE ROY, PTOLOMEE, DORIMAN.

LE ROY.

HE' bien Prince auez vous resolu mon trespas?
Auez-vous resolu de perdre mes Estats?

PTOLOMEE.

Que dites-vous, Seigneur?

LE ROY.

        Ce discours vous estonne?
Et vous ne craignez pas d'attaquer ma personne?

PTOLOMEE.

Moy, Seigneur, moy penser....

LE ROY.

        Ie sçay vostre dessein,
        B ij

Il donne vne Lettre

Mais lifez & voyez, & l'efcrit & la main.

Parlant à Doriman

Regarde fon vifage, il change & deuient blefme,
Sans doute il eft coupable, & s'accufe luy-mefme,
Sa mort pour me deffendre eft l'vnique fecours.
                    DORIMAN.
Pourroit-il en vouloir, à l'Eftat, à vos iours?
            LE ROY, *parlant à Ptolomée.*
Hé bien cette lecture eft-elle conuainquante?
Accufe-t'elle affez, vos fouhaits, voftre attente
Enfin de voftre efprit ie fçay la paffion,
La cheute de mon Trofne eft voftre ambition,
Et pour mieux affouuir & la haine & la rage,
Vous voulez que mon fang à l'amour faffe hômage
                    PTOLOMEE.
Mon efprit arrefté dans vn eftonnement,
Où cent penfers diuers troublent mon jugement;
Ie me trouue coupable, innocent tout enfemble,
Sans que mon cœur furpris, confente que i'en
            tremble.
D'vn crime conuaincu, cependant innocent,
Ie demeure confus pour eftre trop preffant;
Ouy, Seigneur, ie l'aduouë apres voftre colere,
Ie demeure interdit, lors qu'il faut vous déplaire,
Les jugemens des Roys, tiennent de ceux des Dieux
Ce qu'ils ont aduancé ne pent eftre douteux,
Leur abus aujourd'huy femble fi falutaire,
Qu'à vous defabufer ma mort eft neceffaire.
I'y confens donc, Seigneur, & n'y repugne pas,
On demande mon fang, auancez mon trefpas;
Mais du faict fuppofé touchant la lettre efcrite,
L'impofture & l'injure où mon ame s'irrite,
Luy donnent tant d'effroy que fa rebellion
S'augmente au fouuenir d'vne telle action.
De cét horrible crime où mon mal-heur m'accufe,

Pour me iuſtifier ie ne faits point d'excuſe;
Ie laiſſe à vos bontez d'en iuger beaucoup mieux,
Si ie ſuis criminel , i'en atteſte les Dieux;
Leur colere m'eſcraſe & me reduiſe en poudre;
Qu'elle me precipite aux Enfers de ſon foudre,
Ie me ſoûmets moy-meſme aux rigueurs de ſes coûs,
Si ie formay iamais de deſſein contre vous ;
Hé!quoy quelle apparence arriuant à ma joye,
Sur le point du bon-heur que la faueur m'enuoye,
Dans le temps de jouyr du fruiٌt de mon amour,
Que i'attende à trahir cette Cour dans ce iour?
Le temps s'accorde mal auec l'impoſture,
Peut-on mieux faire voir l'innocence & l'injure?
L'embuſche eſt trop groſſiere àuprés des eſclairez,
Pour douter de la fourbe où vont mes conjurez.

LE ROY.

I'ay voulu t'eſcouter auecque patience,
Et voir iuſques au bout la derniere arrogance,
Du porteur de la lettre , éuadé des priſons,
Que me reſpõdras-tu ? quelles ſont tes raiſons?
Tu te tais ? tu craignois qu'il te ſouſtint ton crime?
Ah! c'eſt trop retenir vn courroux legitime,
Hòlà, Gardes venez,

DORIMAN.

Ah ? Seigneur moderez.....

LE ROY, *Les Gardes entrants.*

Qu'on enferme ce traiſtre, & vous m'en reſpondrez,

DORIMAN *à Ptolomée.*

Ie vais prier le Roy pour voſtre déliurance;
Ne vous eſtonnez pas d'vn peu de violence,
Attendez tout de moy , ie vais l'entretenir,

PTOLOMEE.

Vous m'obligez beaucoup.

DORIMAN.

Mais c'eſt pour te punir,
Mon amour veut veut ta mort, il faut le ſatisfaire;

B iij

Profitons à propos du temps de sa colere,

SCENE III.

LE ROY, DORIMAN, PTOLOMEE,
BERECINTE, LES GARDES.

BERECINTE, *à vn bout du Theatre.*

HE'! que vois-ie grands Dieux ! quel est donc ce
    mal-heur?

PTOLOMEE *sortant.*

Vous me voyez, Madame, accablé de douleur;
Mais les Dieux protecteurs de la haute innocence,
De ce noir attentat sçauront tirer vengeance.
Retenez donc ces pleurs que versent vos beaux yeux,
Dans ce mal-heur pressant, laissez agir les Dieux.

BERECINTE.

Helas ! Prince, souffrez que ie verse des larmes,
Pour vous deffendre icy ie n'ay point d'autres armes.

PTOLOMEE.

Vous voir en cét estat vous m'arrachez le cœur:
C'est encor à mes maux vn surcroist de douleur?
Est-ce vous dire assez que c'est toute ma peine?

LE ROY, *le voyant arresté*

S'il ne veut pas marcher, Gardes que l'on l'entraîne.

SCENE IV.

LE ROY, BERECINTE, DORIMAN, SABINE.

BERECINTE.

QVoy, Seigneur, quand ie viens à voſtre Majeſté?
Luy teſmoigner mon zele & ma fidelité,
De toutes vos faueurs quand ie viens rendre grace,
Ie voy qu'à la rigueur ils ont cedé la place,
Que voſtre eſprit s'irrite & s'arme contre nous;
Quel ſujet donc, Seigneur, cauſe voſtre courroux?
Pour mal traiter ce Prince auec tant de haine;
Qu'en s'arreſtant icy, vous voulez qu'on l'entraîne?

LE ROY.

Ne le ſçauez-vous pas, & ſon noir attentat,
Qu'il en veut à mes iours, à mon Troſne, à l'Eſtat?
De ſon party, peut-eſtre, eſtes-vous la premiere,
Puis qu'il pretend pour vous véger la mort d'vn pere,
Releuer par ſon bras voſtre Troſne abbatu,
Et de tous ſes forfaits en faire vne vertu,
Vous rendre vos Eſtats aux deſpens de ma vie,
Pour couronner l'amour, ſa haine & ſon enuie;
Eſt-ce aſſez de ſujet pour vn tel traitement?
Ne merite-il pas vn autre chaſtiment?

BERECINTE.

Nous croiriez-vous, Seigneur, coupable d'vn tel
    crime,
Quand nous auons pour vous vne ſi haute eſtime;
Croire que nous penſions à nous venger de vous,
Alors que vos faueurs ſe reſpandent ſur nous.
Ah! ce n'eſt pas à vous à connoiſtre ma plainte;

B iiij

Mais c'est à la fortune apres sa rude atteinte;
Ie sçay que des debats entre mon pere & vous,
Allumans l'vn pour l'autre vn funeste courrous,
Vous porterent tous deux à vous faire la guerre,
Que chacun fist armer, & sur mer & sur terre;
Vous le sçauez, Seigneur, sans vous le raconter,
Qu'il fallut qu'vn des deux se vit precipiter;
Ayant tous deux iuré la perte l'vn de l'autre,
Ou de gagner son Trosne, ou de perdre le vostre,
Vn combat general vuida vos differens,
La force estoit esgale entre les combattans,
La victoire entre vous fut long-temps chancelante,
Chacun à triompher s'animoit dans l'attente;
Mais helas ! la fortune en voulut decider,
La cruelle fit tant qu'il fallut vous ceder,
Se declarant pour vous affoiblir tous les nostres,
Et de nostre foiblesse encouragea les vostres;
Elle nous fust marastre auec tant de rigueur,
Que ie n'y puis penser sans me percer le cœur;
Pardonnez ce transport, mon ennuy se redouble,
Vn cœur comme le mien à la douleur se trouble:
Mon pere y fut tué, funeste souuenir!
Qui cherche dans mon sang encor à le punir!
Vous fustes son Vainqueur, il fut vostre victime,
De son Trosne, il vous fit Conquerant legitime,
Du hazard de la guerre, apres suiuant le sort,
Ie demeuray captiue en vengeance du mort;
Mais quoy ie le confesse, on ne peut pas s'en plaindre,
Comme luy vous auiez vn mesme sort à craindre,
Le hazard dominoit tout seul entre vous deux,
Et vous fust fauorable en dépit de mes vœux.
I'ay vescu du depuis parmy tant de delices,
Que l'absence des miens a fait tout mes supplices;
L'honneur de vos biens-faits, de vos ciuilitez,
L'emporte par dessus toutes les libertez,
Vous auez trop pour moy de bonté, trop d'estime,

Pour me croire coupable enuers vous d'aucun crime,
C'est me faire vne injure apres vos traitemens;
Comme moy, Ptolomée a mesmes sentimens.
Doutez des imposteurs qui deuant vous l'accusent,
Le rendant criminel, c'est vous seul qu'ils abusent.

LE ROY.

Sa lettre le condamne, & les traits & le sein.

BERECINTE,

Et qui peut asseurer qu'ils soient faits de sa main?

DORIMAN.

La Reine vient, Seigneur.

BERECINTE.

               Helas! cette inhumaine.
Par sa jalouse humeur va redoubler sa haine.   *bas.*

SABINE.

Sans son abord icy, son cœur s'attendrissoit;
I'ay veu qu'à vos raisons son ame paroissoit.
Dieux! quel mal-heur,

BEREINTE.

      Tay-toy, l'on te pourroit entendre.

SCENE V.

LE ROY, LA REYNE, BERECINTE,
DORIMAN, SABINE, PAVLINE.

LE ROY.

HE' bien les conjurez les venez vous d'apprendre?

LA REYNE.

Ouy, Seigneur; ie les sçay, Berecinte en est.

BERECINTE.

                     Moy?

LA REYNE.

Ouy vous, Madame, aussi vous trahisez le Roy,

On est trop informé de tous vos artifices ;
Et l'on ne voit que trop tant de noires malices.
        BERECINTE.
Madame, vous pouuez m'enuoyer à la mort,
Mais ie puis soustenir qne l'on m'accuse à tort.
        LE ROY.
Comment auez vous sceu qu'elle est aussi compli
        LA REYNE.
L'on ne conspire icy que pour son seul seruice.
        BERECINTE.
Mon innocence parle, & c'est assez pour moy,
Ie ne me deffends plus, ie respecte le Roy;
Il peut absolument disposer de ma vie,
Me deffendre luy seul des fureurs de l'enuie.
     LE ROY, *parlant à Doriman.*
Conduisez la Princesse en son appartement,
Ie sçauray decider ce faict plus amplement.
        DORIMAN.
I'obeis, Seigneur.

SCENE VI.

LE ROY, LA REYNE, PAVLINE,

        LA REYNE.
QVoy vous vous laissez surprendre
A ses foibles raisons vostre esprit se va rendre?
Son crime demandoit vne noire prison,
On ne sçauroit assez punir la trahison.
        LE ROY.
Vn Roy qui se croit iuste, & qui veut le paroistre,
Auant que de punir, c'est à luy de connoistre,
Ne rien precipiter agir de jugement,
Bien peser les raisons pour juger prudemment;

Le crime en apparence affez fouuent abufe,
Deffous vn faux pretexte, il peut glifler la rufe,
Accufant l'innocent l'enuoyer au trefpas,
Comme i'agis, Madame, on ne fe mefprend pas;
Berecinte a pour elle vn fang fi fauorable,
Qu'on ne peut d'vn foupçon, la traicter en coupable,
Pour la rendre complice, il en faut plus fçauoir,
Ie pourrois me tromper, & ie fçay mon deuoir.

LA REYNE.

Faut-il voir cét Empire au poinct de fa ruine,
Pour iuger des mal-heurs que fon cœur luy deftine?
De fon auerfion, fentir auant les coûs,
Pour croire qu'elle cherche à fe vanger de nous.
Ce Prince n'euft iamais ofé rien entreprendre,
Si fous vn bel efpoir on euft fceu le furprendre,
S'il ne s'agift icy que de fon intereft,
Vous deuez de fa mort prononcer vn Arreft,
Elle merite mieux qu'on la traite en coupable,
Que non pas fon amant, qui peut eftre excufable;
L'amour l'a pû pouffer contre fa volonté,
Qui le rend criminel c'eft fa temerité;
Peut-eftre que long-temps il a fait refiftance,
Et qu'il ne s'eft rendu que par obeiffance;
Que l'amour aueuglé de tous fes faux appas,
L'a contraint par furprife à luy prefter fon bras;
Ne diftinguez donc pas le crime l'vn de l'autre,
Qui les porte tous deux à fe venger du voftre;
Vengeant la mort d'vn pere, elle croit tout permis,
Et vous n'euftes iamais de plus grands ennemis.
Les delays que l'on prend pour punir vn tel crime,
Nous font courir hazard d'en eftre la victime;
Empefchez-là, Seigneur, d'accomplir fes deffeins,
Gardez-nous de tomber dans fes cruelles mains;
Puniffez-là pluftoft, courez à la vengeance;
Sa mort eft le coup feur d'éuiter fon offenfe.

LE ROY.

Vous concluez, Madame, auec trop de chaleur,
Pour suiure vostre auis qui feroit son mal-heur,
Vous vous monstrez contre elle vn peu trop animé
Et i'ay peine à souffrir cette humeur enflamée.
Le Prince est seul coupable, il est seul à punir,
Pour la croire complice, il faut l'entretenir;
Car tantost me parlant i'ay veu son innocence,
I'en ay veu sur son front vne forte apparence;
Mais ie vais luy parler, & selon son discours
La laisser en repos, ou terminer ses iours.

SCENE VII

LA REYNE, PAVLINE.

LA REYNE.

HE' bien reconnois-tu la grandeur de sa flame,
Crois-tu que Berecinte a captiué son ame?
Il n'auoit, disois-tu, deffendant cét Espous,
Que tendresse pour elle, & qu'amitié pour vous;
C'est à peu-prés tes mots, il m'en souuient encor,
C'estoit ciuilité, connois-tu qui l'adore?
Comme à la condamner il s'est trop deffendu,
Auant que nous quitter, as-tu bien entendu?
Vous vous monstrez contre elle vn peu trop animé
Et i'ay peine à souffrir cette humeur enflamée.
Le Prince est seul coupable, il est seul à punir,
Pour la croire complice il faut l'entretenir:
Helas! pouuoit-il mieux trouuer à la deffendre?
Pouuoit-il mieux chercher encor à me surprendre?
Me croit-il assez foible aprés tous ses destours,
De croire que j'ignore ou va tout son discours?
Que ie ne sçache pas qu'il l'a veut innocente,

Pour plaire à son amour & la rendre contente?
Non, non, espoux ingrat on ne m'abuse pas,
Ie sçay que ton amour refuse son trespas,
Que tu la cheris trop pour m'oser le promettre,
Que pour te satisfaire il faudroit m'en demettre,
Ah! ne le pretends pas, ie conclus à sa mort,
Pour surmonter ma flâme & surmonter mon sort;
Ie ne le cele point, ie veux me satisfaire.

PAVLINE.

Madame, à vos soupçons ie ne puis plus me taire,
Le Roy veut la Iustice, ou i'ay mal entendu,
Son discours ne va pas au vostre pretendu;
Qui doute que l'on doit pour punir tout connoistre?
Qu'vne conuiction ne sçauroit trop paroistre?
Vous n'auiez pas tantost vn pareil sentiment,
Vous la vouliez vnir auecque son Amant,
Vous n'auiez pas pour elle vne si forte haine.

LA REYNE.

Ie cesserois encor de me rendre inhumaine
Si ie ne preuoyois que le Prince estant mort,
Ie suis plus exposée aux rigueurs de mon sort:
Que c'est à mon Espoux donner lieu de ma perte,
Et ce qu'il fait sous main le faire à guerre ouuerte.

PAVLINE.

Ah! ne le croyez pas, vous l'accusez à tort.

LA REYNE.

Lors que pour la sauuer il fait tout son effort?
Va, va, le Prince & luy vont pour toute asseurance,
Par vn excez d'amour monstrer son innocence.
Et tous deux à l'ennuy luy conseruant le iour,
L'vn s'immole à la mort, & l'autre à son amour.
Ie sçay que Ptolomée attend trop le suplice,
Et qu'il a trop d'amour pour la rendre complice,
Et le Roy qui se voit par son trespas content,
Ne veut pas se priuer du bon-heur qu'il attend.
Mais allons pour apprendre où va sa conference,

Si i'ay bien presumé de son intelligence,
Si Berecinte & luy par vn commun accord
N'enuoyent point ce Prince & sa femme à la mort.
Fin du second Acte.

ACTE III.
SCENE PREMIERE.

DORIMAN, LVCIAN.

DORIMAN.

IE ne puis le celer, c'est trop de hardiesse;
Mais c'est le seul moyen d'espouser la Princesse
Ie te l'ay desia dit, il faut les separer,
Ie n'ay que cette voye à pouuoir l'esperer;
Il falloit exciter la reuolte en l'Armée,
Phorbas mon Lieutenant l'a si fort allumée,
Que pour se garantir d'vn si prochain danger,
Il faut presser la mort de ce Prince estranger;
A moins que Seleucus ne souffre en sa presence,
Que les Mutins pour luy ne brauent sa puissance,
Et qu'il ne soit contraint malgré tout son pouuoir
De leur accorder tout, en manquant d'y preuoir.
Mais il n'aura iamais pour eux cette bassesse,
Iamais ne souffrira iusques là qu'on le presse,
Il aimera bien mieux en presser le trespas,
Que de se voir contraint de ceder à leurs bras.

LVCIAN.

Voila le seur moyen d'abatre cette teste;
Mais ce n'est pas celuy de calmer la tempeste,

Et loin des Mutinez d'arrester le courroux,
C'est enfler leur orgueil pour aller iusques à vous.
Ie crains pour vous, Seigneur, vn reuers de fortune.

DORIMAN.

Tu crains mal à propos, sans apparence aucune;
Quand l'amour nous conduit on peut tout acheuer;
Dans le rang où ie suis i'ay droict de m'esleuer;
L'amour dans ses desirs ne trouue point d'obstacle,
Et s'il est sans puissance, il n'est pas sans miracle;
Si dedans mes desseins ie manque de secours,
La mort en ce besoin sera mon seul recours.
Mais tu perds trop de temps; va-t'en joindre l'Armée,
Fais que les factieux demandent Ptolomée,
Et pousse tous ses gens à la sedition,
Pour mieux leur imputer toute la faction.

LVCIAN.

Ie m'en vais de ce pas, Seigneur, vous satisfaire,
Et ie sçauray preuoir à tout ce qu'il faut faire.

SCENE II.

DORIMAN, seul.

D'Où me vient donc ce trouble où ie vois tous
      mes sens
Se reuolter entre eux par des combats pressens?
Mon ame est allarmée, & ma raison confuse,
Aux coups de mon amour son secours luy refuse;
Et l'honneur suruenant entre tous ces transports,
Luy fait dans vn moment sentir mille remords.
Ma haine est sans vigueur, qui le cede à sa gloire,
Et mon amour sans force accorde sa victoire.
Ah! sentimens d'honneur pouuez-vous tant sur moy
Que par vn repentir vous me faisiez la loy?

Dure, dure à iamais cette noble puiſſance,
Pour eſtouffer l'amour, la haine & la vengeance;
Allons voir Ptolomée au milieu de ſes fers,
Monſtrôs dans mes regrets les maux qu'il a ſoufferts
Découurons-luy mon cœur qui deteſte ſon crime,
Et qui rend à l'honneur ſa premiere victime;
Allons donc mon honneur precipite mes pas,
Courons auecque ardeur le ſauuer du trépas!
Mais ie demeure encor, ie ne ſçay qui m'anime,
L'honneur s'affoibliſſant autoriſe mon crime;
Mon cœur ſe reuoltant veut deffendre l'amour;
Ie ſents que l'honneur cede à l'amour à ſon tour.
Ma haine ſe réueille aux penſers de ſes charmes,
Et pour la ſatisfaire elle m'offre ſes armes:
Elle veut la vengeance, & joignant à ſes feux
Tous ceux de mon amour, ie me rends à tous deux.
Il eſt vray mon amour c'eſtoit trop de baſſeſſe,
Ic te quittois ma haine auec trop de foibleſſe;
Ie reconnois ma faute, & ſuy vos mouuemens,
Mon cœur ſe rend à vous dans tous vos ſentimens.
Il faut perdre vn Riual, il faut vous ſatisfaire;
Ie ne conſulte plus où l'amour delibere.
Fuyez donc de l'honneur les ſentimens trompeurs,
Vos charmes ſont ſans force auprés de ſes faueurs:
La ſeule vanité fait tout vôſtre aduantage;
Mais aux biens qu'il me rend tous les Dieux font ho-
    mage.
Fuyez donc dis-je encor chimeres de l'eſprit,
Quand vous m'auez deçeu i'eſtois trop interdit.
Ce n'eſt qu'à mon amour à captiuer mon ame;
Ie ſuy ſes mouuemens pour couronner ma flâme,
Allons donc acheuer l'ouurage commencé;
Il faut vne victime à l'amour offencé;
Les plaiſirs que ie perds me ſont autant de peines;
De ma captiuité ie veux rompre mes chaînes,
C'eſt aſſez ſoûpirer pour meriter vn bien;

Il faut.... Mais le Roi vient, quel bonheur est le mien?
Pour perdre mon Riual l'occasion est belle;
De la reuolte encor il n'a point de nouuelle;
Ses yeux ne marquent point son esprit en courroux.

SCENE III.

DORIMAN, LE ROY.

LE ROY.

DV Prince Ptolomée enfin que ferons-nous?
Ie te viens consulter, dy moy que dois-je faire?
Sà mort te semble-t'elle à l'Estat necessaire?

DORIMAN.

A respondre, Seigneur, ie dois estre soûmis;
Sà teste abbat d'vn coup vos plus grands ennemis,
Ie ne puis le nier, c'est asseurer l'Empire,
Et malgré ma pitié ie dois encor vous dire
Que le peril est grand en osant differer;
Les Roys sont obligez tousiours de s'asseurer:
Par sa lettre l'on void iusqu'où va son enuie,
Qui tend à la Couronne, à vous oster la vie.

LE ROY.

Ie vois dans tes raisons que par necessité,
Il faut que son trespas fasse ma seureté.
Pour le bien de l'Estat, pour expier son crime,
Qu'il faut selon nos Loix en faire vne victime;
Qu'il ne peut eschaper apres sa trahison,
Et son crime attend plus qu'vne noire prison.
Mais ie dois obseruer les formes de Iustice,
Et laisser au Senat le soin de son suplice:
Ie n'abuseray point de mon iuste pouuoir;
Il est vray ie suis Roy, mais ie sçay mon deuoir.

PTOLOMEE,

On me reprocheroit d'vser de violence,
Si ie le condamnois de ma seule puissance:
Des Iuges establis decideront son sort,
Pour n'estre point blasmé d'auoir pressé sa mort.

DORIMAN.

Ce procédé, Seigneur, à condamner vn traistre,
Sans doute vous exclud d'en estre apres le maistre;
Songez-y; prenez garde à n'estre point surpris;
Pour le bien de l'Estat suiuez seul vostre aduis.

LE ROY.

Auant i'y dois penser. Mais que nous veut la Reine,
Quel est donc le sujet qui dans ce lieu l'ameine?
Allons au deuant d'elle, & l'entendons parler.

SCENE IV.

LE ROY, LA REYNE, DORIMAN

LA REYNE.

SEigneur, il n'est plus temps de vous plus rien celer,
C'est celuy de songer à sauuer la Prouince;
La mort de Berecinte & le trespas du Prince
N'offrent que les moyens d'éuiter son danger;
L'Armée est reuoltée, & veut cét estranger;
Si tantost vous eussiez arresté cette fiere,
Pour rompre ses desseins la faisant prisonniere,
On l'eust mise hors d'estat de sauuer son Amant,
Et n'auroit pas causé tout ce grand remuëment.

LE ROY.

Mais pour l'en accuser ie voudrois quelque indice.

LA REYNE.

En faut-il de plus grand que d'estre sa complice?

LE ROY,

Vous retombez, Madame, en la premiere erreur.

LA REYNE.

Et vous vous persistez à luy faire faueur;
Voicy venir Straton qui vient tout vous apprendre,
Et puis vous connoistrez si ie veux vous surprendre.

SCENE V.

LE ROY, LA REYNE, DORIMAN, STRATON.

LE ROY.

QVe nous rapportes-tu de l'Armée & du Fort?

STRATON.

Le Fort n'eust iamais tant de besoin d'vn renfort,
Les Mutins assemblez, le tumulte s'augmente,
D'enleuer Ptolomée on n'est plus qu'en attente;
Desia les plus hardis sont beaucoup aduancez,
Pour surprendre le Fort ont gagné les fossez;
L'on n'entend que les cris de, viue Ptolomée,
Et ce bruit est poussé des plus forts de l'Armée;
Les plus zelez pour luy disent que c'est à tort
Que sur vn faux soupçon on l'enuoye à la mort;
Qu'ils sont bien resolus au despens de leur vie,
D'empescher qu'on immole vn grãd Prince à l'ennuie.

LE ROY.

Les chefs de ces Mutins ne les connois-tu point.

STRATON.

Ie ne sçaurois, Seigneur, vous esclaircir ce point?
Vn bruit court seulement suiuy de desfiance,
Qu'on a veu, qu'on a pris vn homme sans deffence;
L'on parle de poignard, l'on parle de trespas;
Ny de qui, ny comment, l'on ne s'explique pas:
Mais la reuolte est grande, & dans vn grand tumulte
L'on peut aux plus grands Rois quelquefois faire in-
sulte.   C iiij

PTOLOMEE,

LA REYNE.

A moins que d'arrester ces premiers mouuemens,
Peut-estre verrons-nous d'estranges changemens.

LE ROY.

Dans tels euenemens ie sçay ce qu'il faut faire,
Le Prince doit mourir; sa mort est necessaire;
Qu'on le sorte du Fort, Straton prend-en le soin,
De mon iuste courroux donnons ce grand tesmoin,
Pour le conduire icy prend vne seure escorte,
Tu sçais comme sa mort à mon pouuoir importe,
Tasche d'apprendre aussi les principaux autheurs,
Ie les veux immoler à mes iustes fureurs.

LA REYNE.

Ie me charge, Seigneur, de sçauoir les complices.

LE ROY.

Moy de les enuoyer sans reserue aux suplices.

LA REYNE.

Seigneur, ie me retire apres ce sentiment,
Berecinte est coupable autant que son Amant,
Ne perdons point de temps de perdre l'vn & l'autre.

SCENE VI.

LE ROY, DORIMAN.

LE ROY.

Qvel mal-heur aujourd'huy peut égaler le nostre,
Mes subjets contre moy faire rebellion!
Esleuer leur audace à la sedition!
Hé! quoy dans mes Estats, au milieu de l'Empire,
On est assez hardy pour m'oser contredire;
On s'oppose à mes Loix, on quitte son deuoir,
Et ie demeure encore à monstrer mon pouuoir,
Courons à la vengeance apres leurs perfidies;

Venez à mon secours l'Enfer & ses furies,
Ne me presentez plus dans mes ressentimens
Que l'horreur d'vn affront qui suit vos mouuemens,
A respandre du sang animez mon courage,
Si ma pitié l'empesche, opposez vostre rage,
Et portez ma vengeance à telle extremité,
Qu'elle serue d'exemple à la posterité;
Qu'aucun pour me venger n'eschappe des supplices,
A force de tourmens trouuez tous les complices.

DORIMAN.

Esuitons pour les miens ces cruels sentimens,   *bas.*
Et dissipons contre eux ces premiers mouuemens:
Pardonnez-moy, Seigneur, ie ne puis pas vous taire
Qu'en cette occasion l'adresse est necessaire,
Le temps de vous venger n'est point encor venu,
C'est de vostre colere estre trop preuenu,
De se precipiter alors qu'il faut attendre;
Appaisez le tumulte auant que d'entreprendre,
Des soldats mutinez deuiennent furieux,
Ils ne connoissent plus ny de Roy, ny de Dieux:
Rien ne peut empescher leur premier coup d'offence,
Leur fureur ne se perd qu'au trop de violence:
Il faut laisser passer ces premiers mouuemens,
Encor qu'on vous ait dit qu'à ces commencemens
Il falloit s'opposer, empescher leurs poursuites,
Qui n'auoient trop souuent que de facheuses suites;
Il est de leur fureur comme des grandes eaux,
S'opposant à leur cours, on irrite leurs flots;
Si pour leur escouler ils manquent d'estenduës,
Leur force se redouble aux digues deffenduës,
Leurs pas precipitez venans à se presser,
Forcent, entraisnent tout, afin de mieux passer.
Vous iugez bien par là, Seigneur, qu'il est à craindre
De se precipiter de plus de ne pas feindre,
Que pour trop vous presser vous hasardez beaucoup,
Et manquant à frapper vous receuez le coup;

Mais laissez pour vn temps agir vostre prudence,
Et laissez dissiper toute leur violence;
Apres vous pourrez mieux les ranger au deuoir,
Et par les chastimens monstrer vostre pouuoir.
Voulez-vous vous venger des Mutins de l'Armée,
Faites trancher la teste au Prince Ptolomée,
Ie vous l'ay desia dit, ce coup fait tout pour vous,
Et sans rien hazarder vous les reduira tous:
C'est là le seur moyen de vous bien satisfaire,
Et les faire trembler d'auoir sçeu vous desplaire.

LE ROY.

Tes raisons pour vn temps retiennent mon courroux
Pour me bien satisfaire & pour les punir tous;
Ie confesse auec toy qu'il faut vser d'adresse,
De peur de hazarder où l'Estat m'interesse.
Ie suiuray ton aduis : mais dans ce sentiment
De n'espargner personne à mon ressentiment.
Ie m'en vais cependant prenoir à ce tumulte,
Apres toy sur ce poinct aucun ie ne consulte.
I'auois deliberé d'assembler le Senat
Touchant la mort du Prince apres son attentat,
Ton conseil me suffit : Mais ie voy qu'on l'ameine,
Ie te laisse auec luy, sa presence me gesne,
Prend garde à luy, sa mort accomplit mes desseins.

DORIMAN.

Ne craignez pas, Seigneur, qu'il m'echape des mains
Son trepas doit seruir à iamais de memoire,
On ne peut le sauuer sans ternir vostre gloire,
Et sans trop hazarder.

LE ROY.

                    Quand vous vous parlerez
Descouure si tu peux qui sont les conjurez.

DORIMAN.

I'y feray mes efforts, ô que iay d'auantage!
De perdre mon Riual : mais changeons de langage,
Le voicy qui s'aproche.

SCENE VII.

PTOLOMEE, DORIMAN, LES GARDES.

PTOLOMEE.

HE' bien faut-il perir?
A-t'on iuré ma mort, dois-je viure ou mourir?
Ne me le celez point, le Roy veut ma deffaite?
Ie le connois assez par sa prompte retraite.
DORIMAN.
I'ay fait ce que i'ay pû pour calmer son courroux,
Comme vous entriez ie luy parlois de vous,
Il vous excuseroit en nommant vos complices.
PTOLOMEE.
M'insulte-t'il encore auec ces artifices?
DORIMAN.
C'est là le seul moyen d'eschaper à la mort.
PTOLOMEE.
Par ce seul moyen il faut changer mon sort,
Ie cede à mon mal-heur & souffre son injure,
I'aime mieux le trespas que d'vser d'imposture,
Ie le dis, Doriman, i'aurois plus de regret
De paroistre innocent que coupable en secret:
Qu'on n'attende donc point de moy cette bassesse,
Que d'éuiter la mort par vne lasche addresse:
Ie consents de mourir, & n'y recule pas,
Ce qui combat mon cœur ce n'est plus le trespas,
Le crime qu'on m'impose est mon plus grand suplice,
Ie ne deteste plus que son lasche artifice,
L'amour pour m'accabler se mesle auec luy,
Par vn contraire effect tous deux font mon ennuy.

Mais ne pourriez-vous point me rendre vn bon office
C'eſt de voir Berecinte à mes vœux ſi propice,
Que ie luy puiſſe encor parler de mon amour,
I'auray moins de regret de perdre apres le iour:
Pouuez-vous conſentir icy que ie la voye,
Pour luy dire à la fois ma douleur & ma joye,
Noſtre amitié l'implore auprés de vos faueurs,
Accordez ce ſecours à mes grandes douleurs.

DORIMAN.

Il eſt en mon pouuoir, Seigneur ie le confeſſe,
De donner les moyens de reuoir la Princeſſe:
Mais n'auez-vous point fait auant reflexion
Sur tous les mouuemens de voſtre paſſion?
Auez-vous bien ſongé que dans cette entreueüe
L'amour vous doit fraper du dernier coup qui tuë?
Qu'il vous faut appeller en ce funeſte eſtat
Et la vie & la mort, & l'amour au combat?
Ces tirans oppoſez plus craints que le tonnerre,
Seront l'vn contre l'autre à vous faire la guerre,
Chacun dans ſon party vous ayant engagé,
Vous vous verrez cent fois en tous trois partagé:
Tous trois dedās vous-meſme aux yeux de Berecin
Decideront leur ſort pour donner plus d'atteinte,
La vie en s'opoſant aux rigueurs de la mort,
La mort qu'elle eſt pour vous le dernier reconfort,
L'amour dans les regrets de quiter la Princeſſe
Ira iuſqu'à l'effort de mourir de triſteſſe:
Ainſi dans ces combats decidans voſtre ſort,
L'amour cede à la vie, & la vie à la mort:
Croyez-m'en donc, Seigneur, éuitez ſa preſence,
Ne vous commettez pas à cette violence.

PTOLOMEE.

Penſez-vous que cela puiſſe eſtre en mon pouuoir
Et que mon cœur conſente à ne plus la reuoir?
Ah! que vous iugez mal des tranſports de mon ame
Quand ſa preſence icy doit couronner ma flame:

Bien

Bien loin de me cauſer de ces bas mouuemens,
Elle m'inſpirera les plus hauts ſentimens,
Elle fortifiera mon eſprit à la peine,
Et conſumé des feux des beaux yeux de ma Reyne,
I'iray dans cét eſtat d'vn ſeur & ferme pas
Affronter mon Tyran, & brauer mon treſpas:
Ne perdez point de temps, faites que ie la voye,
Pour preuenir mon ſort, en puis mourir de ioye.

DORIMAN.

Ie m'en vais de ce pas contenter vos deſirs.

PTOLOMEE.

Donnons, en l'attendant relaſche à mes ſoupirs.

DORIMAN *à un bout du Theatre.*

Que ie me croirois laſche apres toute ma haine,
Si i'allois conſentir à ſoulager ta peine!
Moy ſouffrir qu'vn Riual vid encor à ſes yeux
Cét adorable object qui fit naiſtre mes feux!
Ie n'auray point pour toy de telle complaiſance,
Quand meſme tu mourrois de ioye en ſa preſence;
Ma haine va plus loin, il faut la contenter.

Il parle à l'oreille.

Eſcoutez, & ſur tout gardez de le quitter.

SCENE VIII.

PTOLOMEE *éloigné des Gardes.*

STANCES.

Regret dont le penſer me tuë,
Tu reſponds mal à tes apas,
Quand tu vois mon ame abatuë
De l'implacable ſort qui preſſe mon treſpas.
Tu me viens preſenter des charmes,

D

Va, c'est me demander des larmes,
Laisse au mal-heur finir mon sort.
Ne m'importune plus par tes foibles amorces,
Tu ne peux rien contre la mort,
L'amour qui t'a fait naistre a besoin d'autres forces.

Au iour pompeux d'vn Hymenee,
Par vn changement impreueu,
Ie connois par ma destinee
Qu'vn bien n'est pas vn bien sans en estre pourueu,
L'amour flatoit mon esperence,
Tout me rioit dans l'aparence:
Mais le mal-heur par vn reuers
Fait de ce grand esclat vne pompe funebre,
Pour publier à l'Vniuers,
Que l'amour & la mort faisoient vn iour celebre.

A qui puis-je adresser ma plainte?
Qui me soulage en mes ennuis?
Ce ne peut estre à Berecinte,
Elle languit assez de l'estat où ie suis.
Loin d'affermir ma patience
D'vn contre-coup de ma souffrance,
Nos cœurs suiuent vn mesme sort;
Et l'espoir de ce iour qui nous donnoit la vie,
A tous les deux cause la mort,
Laissant à nostre amour d'en accuser l'enuie.

Rudes sentimens de mon ame!
Si vous voulez me consoler,
Cherchez-vous l'objet de ma flame
Pour aller à la mort sans luy pouuoir parler?
C'est donc vous soupirs que i'implore,
Deuant la beauté que i'adore,
Parlez au deffaut de ma voix.
Pour mieux vous animer regretez tant de charmes,

Faites luy voir à cette fois
Que pour mourir contant se seroit de leurs armes.
                STRATON *entrant*
Par vn ordre, Seigneur, il faut vous retirer.
                PTOLOMEE.
I'attendois la Princesse.
                STRATON.
                        On ne peut differer,
L'ordre presse.

        PTOLOMEE.
                Peut-on m'accabler dauantage?
Allons, obeïssons, mon cœur reprend courage.

Fin du troisiesme Acte.

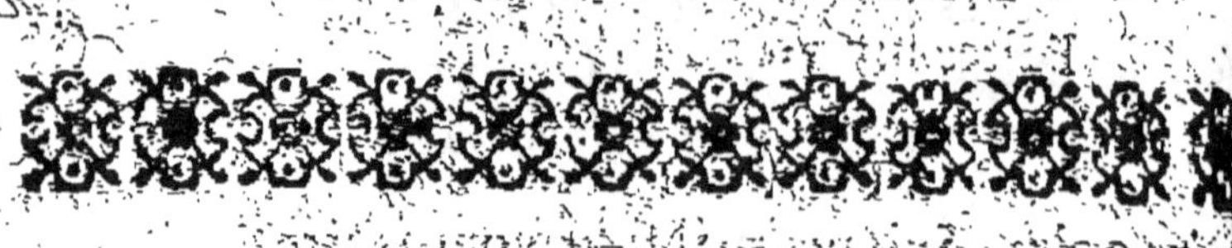

ACTE IV.
SCENE PREMIERE.

LA REYNE, PAVLINE.

PAVLINE.

IE l'adoüray, Madame, à ma confusion,
Vous me vistés sensible à la compassion;
Ie ne prenoyois pas qu'elle eust cette artifice,
De rendre à vostre Estat vn si mauuais office,
On tient que tous ses gens deuiennent furieux,
Et sont tous les premiers d'entre les factieux,
Qu'ils ont fait le party pour sauuer Ptolomee,
Et qu'à force de brigue ils dissipent l'Armée,
Ceux de ce Prince aussi se sont ioints à leurs bras,
Et sont tous resolus d'empescher son trepas;
Ne cherchez plus ailleurs les autheurs du tumulte,
Vous les venez d'apprendre.

LA REYNE.

      Il faut que ie consulte
Sur ce poinct Doriman, il doit se rendre icy;
Exprés ie l'ay mandé.

PAVLINE.

       Madame le voicy.

LA REYNE.

A punir Bereinthe il faut que ie l'engage.

SCENE II.

LA REYNE, DORIMAN, PAVLINE.

LA REYNE.

IL Es mutins cessent-ils contre nous leur outrage?

DORIMAN.

De plus en plus, Madame, on les voit l'augmenter,
A l'enuy l'vn de l'autre on les voit s'irriter;
Et mesme ie craindrois que dans leur violence,
On ne vid iusqu'au Trosne aller leur insolence,
A moins que d'vn moyen qui peut seul l'empescher,
Il est le seul à prendre, & le seul à chercher.

LA REYNE.

Quel est-il ce moyen?

DORIMAN.

     I'ay peine à vous le dire.
Feignos pour en parler que mon cœur en soupire. *bas.*
Importune contrainte à quelle extremité
Reduis-tu donc mon cœur & ma sincerité?
Quoy pour sauuer l'Estat dans vn peril extreme!
Faut-il perdre vn amy plus chery que moy-mesme?
Ah! prenez part, Madame, à mon ressentiment,
Et donnés du relasche à mon cœur vn moment.
Souffrez que mes regrets vous expliquent ma peine,
Auant de descouurir la cause qui me gesne.

LA REYNE.

Enfin que sçauez-vous qui nous peut secourir?

DORIMAN.

C'est le trespas du Prince où l'on doit recourir.

LA REINE.

Deuiez-vous balancer à me nommer vn traistre?

DORIMAN.

La pitié l'empeschoit, vous l'auez pû connoistre,
Souffrez sans auoir part à son lasche attentat,
Qu'vn reste de pitié le pleigne en cét estat.

LA REINE.

Luy seul doit-il mourir sans punir les complices?

DORIMAN.

Le temps amenera celuy de leurs suplices:
Mais sans plus differer, escartons les mutins,
Pour nous mettre à couuert de nos mauuais destins,
Comme i'ay desia dit, helas! la mort du Prince
Establit le repos de toute la Prouince;
Plus de seditieux, plus de rebellion,
Sa mort fait dissiper toute la faction,
La cause n'estant plus, qui les fait entreprendre,
Vous les verrez d'eux mesme à nous se venir rendre,
Et chacun reuenans sans force à son deuoir,
Sans risque à les punir nous ferons en pouuoir.

LA REINE.

Mais ce n'est pas assez pour moy d'vne victime,
Il en faut au moins deux pour tolerer ce crime,
Ou mon cœur, autrement d'vne viue douleur,
Va ressentir sans eux tous les coups du mal-heur:
Mais il ne peut sans vous auoir ce qu'il souhaite.

DORIMAN.

S'il est en mon pouuoir de vous voir satisfaite,
Madame, commandez, ie suis prest d'obeïr,
I'executeray tout iusques à me trahir.

LA REINE.

Ie le croy, Doriman, taschez donc par adresse
Qu'à la mort Seleucus condamne la Princesse,
Il suit vostre conseil, vous auez tout credit:
Mais quoy vous pallissez? vous estes interdit?
Est-ce là vous trahir d'estre saisi de crainte
Quand ie cherche à venger l'Estat de Berecinte?
La cause de nos maux, & de tous nos mal-heurs?

Vous ne respondez pas à mes viues douleurs?
DORIMAN.
Madame, il est bien vray que mon esprit s'estonne
De voir iusqu'à quel poinct le vostre s'abandonne;
Pardonnés si ie dis que l'animosité
Vous fait venir contre elle à cette extremité;
Mon sexe nos loix n'ostent iamais la vie,
Sans irriter les Dieux, où la peine est suiuie.
LA REINE.
Quoy donc ie la verray regner en cette Cour?
Se liguer contre nous pour venger son amour?
Sous l'aueu de nos loix demeurante impunie,
Nous preparer des maux de sa haine infinie?
Non, non, opposons nous aux rigueurs de ces loys,
Les Dieux permettent tout pour le salut des Roys;
Loin d'attirer sur nous leur haine & leur colere,
Pour maintenir son Trosne on fait mourir son pere,
Le pere à mesme droict il fait mourir son fils,
Et le Sceptre des Roys se conserue à ce prix.
DORIMAN.
Plustost qu'elle perisse il faut perir moy-mesme, *bas.*
Amour vsons icy de quelque stratagesme.
Ie l'aduoüiray, Madame, elle est digne de mort;
Complice d'vn Amant, c'est meriter son sort.
Mais Seleucus touché de tendresse pour elle,
LA REINE.
C'est là le fondement de ma haine immortelle. *bas.*
DORIMAN.
Ne pourra pas d'abord respondre à vos souhaits,
Il faut prendre son temps & songer à la paix,
Appaiser le tumulte.
LA REYNE.
         Et bien que faut-il faire?
DORIMAN,
Faut-il vous dire encor ce que ie deuois taire?
En vn mot enuoyez Ptolomee au trespas,
Et pressez-en le Roy pour sauuer vos Estats;

Le Prince n'estant plus, nous n'auons plus de crainte,
Berecinte aduoüra son crime sans contrainte,
Dira tout d'elle-mesme, & ne celera rien,
Sa mort..... Mais elle vient, cessons cét entretien.

LA REINE.

La rougeur à sa veuë au visage me monte,
Dans mon ressentiment le dépit me surmonte,
Ie vous laisse, taschez d'aprendre son secret,
Ce que ie pourrois dire auprés d'elle est suspect,
Et puis ie vais presser la mort de Ptolomee,
Pour enuoyer sa teste aux mutins de l'Armee.

SCENE III.

DORIMAN, BERECINTE, SABINE.

SABINE *au boût du theatre auec Berecinte.*

NE perdez pas courage, allez parler au Roy.

BERECINTE.

Que puis-ie en esperer, s'il agit contre moy?
D'exciter les mutins s'il m'accuse luy-mesme?
Tu le sçais si ie crains dans ce peril extresme
Où ie preuois sa mort?

DORIMAN.

Ie la dois aborder,
Tascher qu'à mes raisons elle puisse ceder
Abandonne le Prince.

BERECINTE.

Et ie perds esperance.

SABINE.

Les Dieux seront pour vous, ils sont pour l'innocence.

DORIMAN.

Le pitoyable estat où vous mettent vos pleurs,
Apporte iusqu'à moy vos plus viues douleurs,

Ton cœur en est percé d’vne si rude attainte,
Que pour vous l’expliquer ie ne le puis sans crainte:
Mais ne pourriez-vous pas faire vn effort sur vous?
Sans encor exciter la rigueur de leurs coups,
Au lieu d’y resister & rapeller vos forces,
Vous vous laissez aller à leur tristes amorces;
Et comme si leurs coups estoient remplis d’attraits,
Vous voulez contre vous qu’ils lancent tous leurs
    traits;
Qui r’animans leur force au torrent de vos larmes,
Ietent toute voftre ame en de rudes allarmes:
La voil ne tient qu’à vous d’euiter ce toufment,
Vn amot, vn repentir, le chasse en vn moment,
Seulement desirez, vous trouuez le remede;
La joye aussi-tost vient, & l’ennuy cesse & cede;
Encor qu’on tasche icy d’attenter à vos iours,
Ie suis à vous, Madame, & i’y feray toufiours;
Mon appuy vous suffit pour estre en assurance,
On n’entreprendra point sur vous de violence,
Pour vous mettre à l’abry des injures du sort,
Suiuez mes sentimens, & prenez mon suport;
Abandonez ce Prince aux peines de son crime,
Et laissez au mal-heur en faire vne victime;
Ne preuoyez-vous pas que dans l’estat qu’il est,
Rien ne peut le souftraire aux rigueurs d’vn Arrest,
Que malgré vos regrets le Roy veut qu’il perisse,
Et qu’en vain vous pleurez sa perte & son supplice.
Son mal-heur est au poinct que qui parle pour luy,
Il se rend criminel & se voit sans appuy;
Et loing par ses efforts de luy sauuer la vie,
Il en presse le terme, ou la sienne est suiuie,
Et perdant tout espoir en cette extremité,
Il se repent trop tard d’auoir trop souhaité.
Reprenez donc vos sens, fuyez le precipice,
Que vous creusez vous mesme en pleurat son suplice;
Enfin defaites-vous de suiure vn mal-heureux,

Qui par son mauuais sort vous va perdre tous deux,
Qui porte ses rigueurs à cette dependance,
Qu'il partage auec vous son crime & sa souffrance.
BERECINTE.

Helas ! que ces raisons sont peu fortes pour moy,
Qui loin de m'esbranler affermissent ma foy,
Ie ne puis le celer, que ie mourrois contente,
Mourant auecque luy c'est remplir mon attente,
Au moins malgré le sort nous nous verrons tous d.
Par vn heureux trespas au dernier de nos vœux.
DORIMAN.

Que vous estes cruelle ; ah ! songez-y, Madame,
Dans vostre emportement ie voy vostre belle ame
Mais encor vne fois ayez moins de rigueur,
Et ne le suiuez pas pour suiure son mal-heur.
BERECINTE.

Cessez de m'en parler, c'est forcer ma constance,
Ie ne puis plus souffrir vn discours qui m'offence.
DORIMAN.

Ie me tais. A quel poinct l'a porté son amour?
BERECINTE.

Mais auant Doriman que de perdre le iour,
Oserois-je de vous me promettre vne grace?
DORIMAN.

Vous le pouuez, pour vous que faut-il que ie fasse
I'en arreste les Dieux, s'il est en mon pouuoir,
Madame, attendez tout de mon iuste deuoir.
BERECINTE.

Faites donc amener le Prince Ptolomee,
Sa veuë est le seul bien de mon ame opprimee;
Au milieu des mal-heurs nous aurons le plaisir
De pousser l'vn à l'autre au moins quelque soûpir,
Dans ces pressents Adieux au plus fort des allarmes
Au deffaut de la voix nous tarirons nos larmes;
Et l'amour dans nos cœurs ne laissant que ses feux,
Nous irons à la mort nous animans tous deux;

Mais quoy vous témoignez vous faire vne côtrainte?
Et ie vous voy changer de colere ou de crainte,
Seriez-vous si contraire à nos ressentimens?
Que de nous refuser de plaindre nos tourmens?

DORIMAN.

Madame, croyez mieux du serment qui m'engage,
Ie sens desia pour vous de l'amour tout l'outrage;
Et le ressentiment de vos viues douleurs
Me force à detester l'auteur de vos mal-heurs;
Qui portant iusqu'à moy vostre rude supplice,
Me font peine à vous rendre encor vn triste office,
Mais vous le souhaitez, ie vais l'executer,
Vous reuerrez le Prince, il faut vous contenter.

SCENE IV.

BERECINTE, SABINE.

SABINE.

ENfin vous allez voir l'objet de vostre flame.

BERECINTE.

D'vn bien suiuy de pleurs ne flate point mon ame,
Scais-tu que la douleur de ne plus se reuoir,
Doit en nous separant nous mettre au desespoir?
Iuge de ces transports de perdre ce qu'on aime,
Mon cœur desia fremit, & i'en sens en moy-mesme
Par le seul souuenir mes sens se reuolter,
Que ne seras-ce point venant à nous quitter?

SABINE.

Madame esperez mieux de vostre grand courage,
De vous-mesme attendez tout vn autre aduantage,
L'amour, le seul amour fortifiera vos cœurs.

BERECINTE.

Dis plustost que luy seul causera nos douleurs.

SABINE
Peut-estre que les Dieux touchez de l'innocence,
Feront en vos faueurs éclater leur puissance,
Que ne pouuant souffrir contre vous d'attentat,
Ils changeront pour vous de victime à l'Estat.

BERECINTE
Tu te flates, Sabine, auec peu d'apparence,
Les Dieux son irritez, ie preuoy leur vengence;
Souuent pour des raisons qu'ignorent les mortels,
Ils frapent l'innocent, & brisent leurs autels.
Et souuent le peruers sans causes legitimes,
Le comblent de bon-heur & couronnent ses crimes.

SABINE
Souuent apres aussi lassez de ses forfaits,
L'en voyants surchargé l'escrasent sous le faix,
Et souuent l'innocent contre toute apparence,
Au point de son trespas attire leur clemence,
Et se voit garenty de son prochain mal-heur.

BERECINTE
Crois-tu que cét espoir soulage ma douleur?
Helas ! que ie suis loing d'vne grace semblable,
Pour sauuer l'innocent de punir le coupable,
De croire que les Dieux voudroient s'armer pour
    nous,
Quãd iusqu'icy nos maux ont monstré leur courroux,
Quand leur foudre est tout prest de tomber sur nos
    testes,
C'est se croire estre au port au milieu des tempestes,
Non, non, ie n'attends pas de secours impreueu,
De nous perdre tous deux il est trop resolu.

SABINE
Madame, armez-vous donc d'vne ferme constance,
Aux mal-heurs sans remede il faut la patience,
D'vne necessité faites vne vertu,
Et ne nous montrez plus vn visage abbatu:
Mais Doliman reuient auecque Ptolomée.

BERECEINTE.

De joye & de douleur mon ame est allarmée;
Mon cœur à cét abord r'appelle ſa vigueur.

SCENE V.

PTOLOMEE, BERECINTE , DORIMAN,
SABINE, LES GARDES.

DORIMAN.

IE ſatisfaits, Madame, aux vœux de voſtre cœur,
Quand ie ſçay le moyen de vous eſtre propice.....

BERECINTE.

Laiſſez-nous ſeuls icy, joignez-y ce ſeruice.

DORIMAN.

Madame, i'y conſents ; Il faut les eſcouter.   *bas*

PTOLOMEE.

Si preſt du coup fatal que ie dois redouter,
Sur le poinct de ſeruir de victime à l'enuie,
Et de voir par ma mort la fureur aſſouuie;
Si preſt de vous quitter & de perdre le iour,
Souffrez que mes regrets expliquent mon amour;
Le penſer de la mort, la perte de vos charmes,
Dans mon ame agitée excitent mille allarmes;
Et l'eſclat ſurprenant d'vne illuſtre beauté,
Eſbranle ma conſtance & détruit ma fierté;
Quelques ſoient les mal-heurs dont la mort me de-
        liure,
Sur le poinct d'expirer ie ſouhaite de viure;
Et pour mon cœur charmé, c'eſt vn plaiſir moins
        doux
De mourir innocent, que de viure pour vous.

BERECINTE.

Helas!

PTOLOMEE.
Vous soupirez adorable Princesse?
BERECINTE.
I'ay droict de soupirer, & le puis sans foiblesse;
Mais si prest du trespas que vous allez souffrir,
C'est peu faire pour vous que pousser vn soûpir;
Quand la peur de me perdre excite vos allarmes,
C'est peu faire pour vous que de verser des larmes;
Et pour de vos mal-heurs interrompre le cours,
Mes soupirs & mes pleurs sont vn foible secours:
Mais dans ce iour funeste où ie voy tout à craindre,
Ie veux vous secourir, & ne puis que vous plaindre
Et d'vn cœur enflamé c'est grossir les douleurs,
Que pousser des soûpirs & respandre des pleurs.
PTOLOMEE.
Si d'vn Prince amoureux vous aimastes la gloire,
Soyez moins resoluë à flestrir ma memoire;
Et cessez d'opposer par de doux attentats
A l'esclat de ma vie vn infame trespas:
C'est-trop peu d'auoir veu ma constance amoindrie,
Vostre ardante pitié rend mon ame attendrie,
Et quelque fermeté dont ie sois reuestu,
Vostre extreme tendresse affoiblit ma vertu:
D'vne indigne douleur vouloir estre la proye,
De mes persecuteurs c'est accroistre la ioye;
Et leur donner sujet en entrant au cercueil,
De pouuoir sur ma honte affermir leur orgueil.
R'animez donc vostre ame, & r'apellez vos forces,
A mon cœur affligé ne donnez plus d'amorces,
Redonnez la vigueur à mon cœur abbatu,
Et qu'en vous imitant ie suiue la vertu:
La plus affreuse mort me donne moins d'allarmes,
Que ne font les douleurs qui vous causent des larmes;
Mon ame en est blessée auecque mille traits,
Et la mort n'en à qu'vn où brillent tant d'attraits;
Tantost ie souhaitois cette heureuse entreueuë,

Mais ie ne sentois pas la douleur qui me tuë,
Ie ne preuoyois pas me separant de vous,
Que l'amour & la mort deussent ioindre leurs coups.

BERECINTE.

Ah! cessez ce discours qui trouble encor mon ame,
Ne m'abandonnez pas aux rigueurs de ma flame,
Laissez à ma foiblesse vn reste de vigueur,
Pour plaindre les mal-heurs qui déchirét mon cœur;
Cessez vous dis-ie encor de redoubler ma peine,
Où cede la raison au pauchant qui m'entraisne ?
Souffrez qu'en ce moment ie partage auec vous
Le funeste penser des plus horribles coups;
Qu'au moins dãs vos douleurs ie puisse sãs cõtrainte,
Sans partager vos maux, partager vostre plainte;
Et que malgré le sort qui nous doit separer,
Ie puisse encor au moins prés de vous soupirer;
Afin que mes soupirs seruent de sacrifices
Pour donner à l'amour le plus doux des suplices,
Qu'ayant de nous quitter pour la derniere fois.....
Ah ! mon cœur à ce mot se refuse la voix,
Et mes sens reuoltez sur vne telle perte,
Se liurent des combats où mon ame est offerte;
Ie me voy sans secours au milieu de leurs coups,
Et ie n'ay que celuy que ie prends prés de vous.

PTOLOMEE.

Ah! Madame, c'est trop demeurer dans la peine.

BERECINTE.

Helas!

DORIMAN.

C'est trop entendre vn discours qui me gesne,   *bas.*
Rompons cét entretien, c'est trop prendre sur moy,
Feignons d'auoir receu nouuelle ordre du Roy.
Ie m'oppose à regret à vostre conference,
Prenez-vous-en, Madame, à mon obeissance,
Le Roy mande le Prince, il faut vous separer.

BERECINTE.

Ne pouuez vous encor vn moment differer?

DORIMAN.

Madame ie ne puis à moins de luy desplaire,
Vous connoissez le Roy, le reste est à vous taire.

BERECINTE.

Ie vous entends. Ah! Prince adieu donc pour iamais,

PTOLOMEE.

Qu'à cét Adieu mon cœur est loing de ses souhaits,

BERECINTE.

Puisse le iuste Ciel par quelque heureuse voye,
M'accabler de douleur, & vous combler de ioye.

DORIMAN.

Puisse plustost le Ciel proteger mes forfaits,
Et de tous mes desseins seconder les effets.

Fin du quatriesme Acte.

ACTE V. & dernier.

SCENE PREMIERE.

DORIMAN, LVCIAN.

LVCIAN.

MAis dans ce grand espoir de tous vos auantages,
Il pourroit se cacher de sinistres presages;
Crisibas vit encor, & les coups de poignard
Qui luy perce le sein tous trois de part en part,
N'ont pû vous l'immoler sans vn reste de vie,
Encor qu'auec ardeur sa mort fut poursuiuie.

DORIMAN.

Qui pût donc empescher de le voir expirer?

LVCIAN.

Des soldats suruenus nous ont fait retirer,
Attirez par ses cris, & touchez de sa peine,
L'emporterent sanglant à la tente prochaine,
Le voyant respirer luy donnerent secours,
Des ruisseaux de son sang arresterent le cours,
Sa parole reuient, de tous se fait entendre:
Mais de ce qu'il a dit ie n'ay pû rien apprendre.

DORIMAN.

Quoy qu'il puisse leur dire à present ie crains peu
Qu'on puisse à mes desseins donner vn desadueu;
Ie suis maistre de tont, ie le suis de l'Armée,
Rien ne peut empescher la mort de Ptolomée,
Il faut me l'immoler, soit de force ou de gré,
L'amour veut son trespas, la haine l'a iuré;

E iij

Si le Ciel à mes vœux se declare contraire,
Dans vn pressant besoin ie sçay ce qu'il faut faire,
Mon bras malgré les Dieux est maistre de mon sort,
La necessité veut Berecinte ou la mort,
Ie n'ay point à choisir où l'amour est le maistre,
Il decide luy seul le sort qu'il a fait naistre,
S'emparant de mon cœur, ie tiens de son pouuoir,
Si la force luy manque, il court au desespoir,
Il suit aueuglément tout ce qu'il se propose,
Et chasse la raison pour soustenir sa cause;
Il deuient furieux quand il n'espere rien,
Et par vn desespoir il espere son bien:
Ie me vois en estat de n'auoir rien à craindre,
I'agis d'vne façon de pouuoir tout contraindre,
Ie braue le hazard, enfin ie ne crains pas,
Ie suis......

LVCIAN.
Le Roy, Seigneur, addresse icy ses pas.
DORIMAN.
Va retrouuer Phorbas, & rejoindre l'Armée.

SCENE II.

LE ROY, DORIMAN.

LE ROY.

IE ne le cele point, mon ame est allarmée,
Le nombre des mutins s'accroist de plus en plus,
Ie te viens consulter Doriman là-dessus,
Dans ce rencontre icy dis-moy que dois-je faire?
DORIMAN.
Ie vous l'ay desia dit, & ie ne puis vous taire
Que le trespas du Prince arreste les mutins,
Qu'il éuite le coup de nos mauuais destins,

Et diſſipe l'orage, & chaſſe la tempeſte,
Nous ſauue enfin des maux que le Ciel nous appreſte.
LE ROY.
Ineffect cette mort r'appelle leur deuoir,
Détruit leur entrepriſe, & monſtre mon pouuoir;
D'auoir trop attendu ie ſçay trop le connoiſtre,
Dés l'inſtant que i'ay veu les factieux paroiſtre,
Ie deuois au moment l'enuoyer à la mort,
Ie ſerois hors d'eſtat de craindre vn mauuais ſort:
Mais puis que ſon treſpas appaiſe le tumulte,
Me venge des mutins, & punit leur inſulte,
Va-t'en trouuer les Chefs de la rebellion,
Meſle-toy par addreſſe à leur ſedition,
Teſmoigne que comme eux tu veux ſauuer le Prince,
Eſtans maiſtres deſia de toute la Prouince,
Meſnage cependant l'Armee & les eſprits,
Rends-t'en maiſtre abſolu comme moy de Memphis,
Conduis leurs ſentiments, & les tiens en balance,
Et differe toûjours d'vſer de violence;
Chacun te deferant, tout eſt entre tes mains.
Et ta prudence ainſi peut rompre leurs deſſeins;
Cependant à ce traiſtre on tranchera la teſte.
DORIMAN.
Puis-je ſouhaiter plus que le coup qui s'appreſte? *bas.*
Tout vient à mes deſirs autant bien que ie veux.
VN GARDE *entrant.*
Aux portes de Memphis nombre de factieux,
Seigneur, force la garde, & tout eſt en allarmes,
Le peuple fait des cris, & chacun eſt en larmes.
LE ROY *parlant à Doriman.*
Va-t'en les contenir, & ne differe plus,
Repoſe-toy ſur moy pour agir au ſurplus.
Dans le reſſentiment d'vne iuſte vengence,
Ie veux que le ſuplice eſgale leur offence.

SCENE IV.

LE ROY, LES GARDES.

LE ROY.

A Quel poinct de mal-heur mon sort me reduis-tu?
De combien de pensers suis-je donc combatu?
A me vouloir venger plus mes desirs s'augmentent,
Plus de difficultez à mes yeux se presentent:
Tantost pour la Couronne on ne doit hazarder,
On hazarde tantost quand on la veut garder,
Pour punir des mutins ie suis dans la contrainte,
Et toutefois le sort me donne de la crainte:
Mais puis-je estre surpris d'vn pareil sentiment?
Puis-je me raualer à ce bas mouuement?
Moy craindre! moy souffrir, ie ne puis m'y resoudre!
Où gronde le tonnerre, armons nous de la foudre;
Punissons, punissons leurs lasches attentats,
Et faisons-leur sentir la rigueur de mon bras;
Commençons par la mort du traistre Ptolomee,
Par sa teste estonnons les plus fiers de l'Armée,
Apprenons par ce coup iusqu'où va mon courroux,
Et monstrons par son sang....

SCENE V.

LE ROY, BERECINTE.

BERECINTE escoutant:

SEigneur appaisez-vous,

Abbaiſſee à vos pieds, voyez couler mes larmes,
Iugez par vos tranſports quelles ſont mes allarmes?
Soulagez par pitié de ſi viues douleurs,
Et ne conſentez pas à mes derniers mal-heurs;
Que la compaſſion ſur le courroux l'emporte,
Que malgré l'impoſture elle ſoit la plus forte;
En faueur de mes pleurs eſcoutez la pitié,
Et rendez à mon cœur ſa plus digne moitié;
Voudriez-vous ſouffrir que par la calomnie,
L'on pût vous imputer d'vſer de tyrannie?
Que par vn faux ſoubçon que l'enuie a cauſé,
Vous ſoyez preuenu d'vn eſcrit ſuppoſé.
Ah! ne permettez pas ainſi qu'on vous ſurprenne,
Banniſſez la rigueur, que la bonté reuienne;
Differez pour vn temps, c'eſt peu vous demander,
Vn délay de trois iours ſe peut bien accorder.

LE ROY.

Par ce délay, Madame, où va voſtre eſperance?

BERECINTE.

Que les Dieux & le temps feront voir l'innocence,
Qu'ils vous deſcouuriront toute la verité,
Pour nous rendre à tous deux entiere liberté;
Ne me refuſez pas.

LE ROY.

      Retirez-vous Princeſſe,
Ie ne puis, & l'Eſtat dans ſa mort m'intereſſe;
Vous perdez voſtre temps auecque deſplaiſir,
Pour garder mon pouuoir ie n'ay point à choiſir,
Rien ne peut le ſauuer, ſa mort eſt neceſſaire,
Et ie dois immoler ce mortel aduerſaire.

BERECINTE.

Ah! Seigneur eſcoutez...

LE ROY.

      C'eſt trop vous eſcouter.

BERECINTE.

C'eſt auſſi trop ſouffrir me laiſſer mal-traiter,

Sçachez qu'apres sa mort ie ne veux point suruiure,
Iusques dans le tombeau que ie pretends le suiure;
Mais aussi puis-je dire apres ce triste adueu,
Que vous n'auez pas dû nous escouter si peu;
Que ce n'est pas assez d'vn foible & faux indice,
Pour croire qu'vn grand Prince est digne du suplice;
Il faut pour vos esgaux estre sans passion,
Et pour le condamner plus de conuiction.
C'est m'expliquer assez que ce n'est que l'enuie,
Qui cherche à s'assouuir aux despens de sa vie,
Que vostre cruauté veut respandre son sang,
Qu'elle à iuré sa mort sans regarder son rang,
Ne vous contentez pas d'vne illustre victime,
Puis qu'il est criminel, ie partage son crime,
Commencez par la mienne à mieux fraper sur nous,
Immollez-nous ensemble à tout vostre courroux,
Par vn excez de haine accordez à nos ames,
Le bien de nous vnir en coupant nos deux trames,
Au moins dans le tombeau nous vnissants tous deux,
Nous deurons à la mort ce que n'ont pû nos vœux.

LE ROY.

L'interest de l'Estat, celuy de ma Couronne,
Empesche fortement qu'à son crime on pardonne,
Tous vos emportements sont icy superflus,
N'attendez que sa mort.

BEREGINTE.

       Ne puis-je rien de plus?
Apres tous mes efforts qui peut donc le deffendre?
O Dieux ! c'est de vous seuls de qui ie puis l'attendre.

SCENE V.

LE ROY, BERECINTE, STRATON.

STRATON.

TOut est en paix, Seigneur, les troubles sont cessez,
Toute l'Armée est calme, & les mutins chassez:
Mais Doriman.

LE ROY.

Hé bien, Doriman?

STRATON.

Dans l'Armée...

LE ROY.

Acheue.   STRATON.

Est arresté pour sauuer Ptolomee,
On doit vous l'enuoyer.

LE ROY.

Straton que me dis-tu?

BERECINTE.

Quel changement heureux à mon cœur abbatu.

LE ROY.

Doriman arresté; viendrois-tu me surprendre?
Est-ce la verité que tu me viens d'apprendre?

STRATON.

N'en doutez point, Seigneur.

LE ROY.

Doriman arresté!
O Ciel qui vid iamais plus de temerité!
Arester Doriman, c'est se prendre à moy-mesme!
Que ie perde plustost est Sceptre & Diadesme,
Si ie manque à punir leur lasche trahison:
Mais en sçais-tu, dis-moy, la cause & la raison?

STRATON.

Vous auez sçeu, Seigneur, les troubles de l'Armée,

Comme à fauuer le Prince elle eſtoit animée;
Doriman a paru, le tumulte a ceſſé,
Vn bruit ſourd & confus dans l'Armée eſt paſſé,
Que Doriman du trouble auoit eſté la cauſe,
Qu'aux dangers de la mort luy ſeul le Prince expoſe,
Que c'eſt luy par les ſiens qui fait les remumens,
Et de ſes paſſions ils ſont les inſtrumens;
Les amis de ce Prince ont veu ſa contenance,
Qui s'eſtoient retirez pour eſtre en aſſeurance,
Et luy ſuiuy des ſiens s'en va dans leur quartier,
Pour les animer mieux leur parle le premier,
Qu'il ſe joint auec eux pour ſauuer Ptolomée,
Ou qu'il vouloit perir auec toute l'Armee;
Ceux-cy deſabuſez, le voyans ſans appuy,
Pour l'enuoyer vers vous ſe ſaiſirent de luy;
A prenant ce deſſein il ſe met en deffence,
Et pour mieux l'empeſcher on voit ſa violence.
Tout cecy n'eſt qu'apres beaucoup d'emportemens,
Pour exciter encor de nouueaux remumens.

LE ROY.

C'eſt vne inuention d'vn fait de politique,
Que ſon eſprit adroit par mon ordre pratique,
Il a diſſimulé pour ſonder les eſprits.

STRATON.

Dites pluſtoſt, Seigneur, qu'il a trop entrepris,
Quand il a veu la paix, eſtoit-il neceſſaire
De s'emporter ſi fort?

LE ROY.

       Auroit-il pû ſe taire
Apres leur attentat?

STRATON.

      Pardonnez-moy, Seigneur,
Ie deteſte ſon crime, & ie plains ſon mal-heur,
Et la Reine qui vient & le Prince auec elle.....

BERECINTE.

Quel heureux accident ! quelle grace nouuelle !

SCENE

SCENE VI.

LE ROY, LA REYNE, PTOLOMEE, BERECINTE, STRATON.

LA REYNE.

Dv traiſtre Doriman ayant apris Seigneur,
La noire trahiſon, & l'aueugle fureur,
De ſes laſches projets la ruſe deſcouuerte
Me fait de ce meſchant ſolliciter la perte,
Vous ſcauez de Straton comme tout eſt en paix?

STRATON.

Ouy, ie l'ay dit, Madame.

LA REYNE.

A-ton parlé jamais
D'vn ſi laſche deſſein que conſpiroit ce traiſtre?
Pour mieux couurir ſa ruſe & ſe rendre le maiſtre,
Exprés il a mandé toutes nos garniſons,
Et ſous vne reueuë il fait ſes trahiſons,
Lucian en mourant...

LE ROY.

Que dites-vous, Madame?

LA REYNE.

Qu'auant que d'expirer il deteſta ſa flame,
Et ſon fatal deſſein qui luy cauſoit la mort.

LE ROY.

Ce diſcours me ſurprend!

LA REYNE.

Ie m'eſtonne plus fort,
Qu'à reuenir à vous il a fait reſiſtance,
Et s'en eſt deffendu iuſqu'à la violence:
Le motif d'vne guerre a ſeruy de moyen
D'aſſembler noſtre Armée, & s'en faire vn ſoûtien,

Il a crû fous nos murs pouuoir tout entreprendre,
De luy tout accorder qu'on n'euft pû fe deffendre,
Flattant ainfi fes feux dans fon mauuais deffein,
Contraindre la Princeffe à luy donner la main,
Et pouffant plus auant vne derniere audace,
Nous forcer d'y foufcrire auecque la menace.
Du Prince Ptolomee apres fon grand reuers,
Ie n'ay point differé d'aller rompre les fers,
Ayant veu que pour luy les Dieux eftoient propices,
Mettez-le auffi côme eux fous vos meilleurs aufpices
I'ay voulu l'amener vous demander raifon
Des injures d'vn lafche, & de fa trahifon;
Aux fang de vos efgaux, Seigneur, faites juftice.

          LE ROY.

I'ay peine à croire encor fon mefchant artifice.

          LA REYNE.

Vous l'allez bien fçauoir, on vous l'ameine icy,
De fa noire action vous ferez efclaircy,
Par vn des miens bien-toft vous le verrez confondre

          PTOLOMEE

Au traiftre Crifibas que pourra-t'il refpondre?
Grands Dieux mettez au iour toute la verité!

SCENE VII.

LE ROY, LA REYNE, PTOLOMEE, BE-
RECINTE, DORIMAN, STRATON,
SABINE, LES GARDES.

          LE ROY.

ON vous reproche icy beaucoup de lafcheté,
Refpondez Doriman à ce qu'on vous impute,
Purgez-vous, autrement attendez voftre cheute,

Du crime connaincu ie feray mon deuoir,
Ie vous liure à nos Loix, & n'ay plus de pouuoir,
La Iustice est icy la seule souueraine
Qui regle entre vous deux qui doit subir la peine;
N'esperez rien de moy qu'à garder l'équité,
Et peser les raisons pour voir la verité.

DORIMAN.

C'est de vostre équité que ie veux tout attendre,
Grand Roy, ie ne crains plus apres de me deffendre;
Elle est le seul appuy que ie veux prés de vous,
Pour de mes ennemis repousser tous les coups.
Pour me iustifier de la noire imposture,
Où l'enuie a voulu me noircir de l'injure:
Sans vous parler, Seigneur, icy de mes exploits,
Dont iusqu'icy la gloire a fait trembler les Rois,
Sans r'appeller encor la candeur de ma vie,
Dont la moindre action peut deffier l'enuie;
Il ne faut seulement que voir leur attentat,
Leur fureur contre moy quand ie sers vostre Estat;
Pourquoy m'enuironner & sur moy venir fondre,
Sans me donner le temps de pouuoir leur respondre?
Il est vray que surpris i'ay voulu resister,
Ignorans leur dessein ie n'ay pû m'arrester;
I'ay crû qu'à me brauer montoit leur insolence,
Qu'vn Prince interessé m'attiroit cette offence,
Qu'au despens de ma vie ils vouloient se venger,
En me croyant l'auteur de son pressant danger;
Secouru par les miens ie me mets en deffence,
Et pour me garentir ie leurs faits resistance;
Ie veux d'vn vain effort arrester leur fureur,
Leur nombre se croissant, & les miens perdant cœur,
Lucian des premiers a senty leur outrage,
Et i'apprends par sa mort iusqu'où venoit leur rage,
On me saisit au corps sans respect de mon rang,
Ie me vois mal-traiter, les miens couuerts de sang,
Et joignant sans raison la menace à l'injure,

On m'ameine vers vous me tacher d'imposture,
Et sans vouloir sçauoir l'ordre que i'ay de vous,
Sans m'escouter parler, ils en viennent aux coups.
                    LA REINE.
Vostre ordre n'estoit pas quãd l'Armée est tranquille
De la porter encor à forcer cette ville,
Nous contraindre en ces murs pour nous faire la loy,
Vous rendre maistre enfin de la ville & du Roy,
Et tenans dans vos mains les forces de l'Empire,
A vos lasches projets nous forcer de souscrire.
                    DORIMAN.
Ptolomee est icy le seul qu'on doit punir,
Les siens pour le sauuer ont sçeu vous preuenir.
                    PTOLOMEE.
Vous ne respondez pas à ce que dit la Reine.
                    DORIMAN.
De respondre pour vous me dois-je mettre en peine?
Il s'agit de vos faits & ie suis innocent,
Et vous deuez parler où le crime est pressant.
                    PTOLOMEE.
Mon estroite prison est vn fort tesmoignage,
Pour n'estre point meslé dans ce qui vous engage,
Et la rebellion qu'on me veut rejetter,
Trouue en vostre refus dequoy vous l'imputer,
Mon absence & vos gens m'empeschent de répondre.
                    DORIMAN.
On n'agissoit pour vous, c'est trop pour vous con-
            fondre,
Et la lettre surprise est vn puissant garand,
Pour monstrer qui de nous sur l'Estat entreprend,
Vous estes conuaincu malgré vos artifices,
Vos gens ont acheué d'apprendre vos complices.
                    PTOLOMEE.
Mais la Reine a connu mes projets innocens,
Le discours qu'elle a fait tombe assez dans ce sens,
Et la preuue que i'ay de ma prison ouuerte,

Monstre qui de nous deux doit plus craindre sa perte.
DORIMAN.
La Reine est preuenuë, & par de faux rapports
On a sceu la porter à vous mettre dehors:
Mais il ne s'ensuit pas d'en estre moins coupable,
Le Roy pour en juger sera plus équitable,
Il sçaura me purger des damnables soupçons,
Que l'imposture a pris de vos seules leçons.
LA REYNE.
Voicy venir Cleon qui nous vient tout apprendre.

SCENE VIII.

LE ROY, LA REYNE, PTOLOMEE, BERECINTE, DORIMAN, CLEON, LES GARDES.

CLEON.

OVy Madame i'ay sçeu ce qui vous va surprendre,
Le bruit qu'on a semé ne se trouue point faux,
Et i'ay sçeu descouurir la source de nos maux,
Crisbas expirant a deschargé son maistre,
Accuse Doriman comme luy d'estre traistre,
Pour l'entendre parler ie le suis allé voir,
Suiuant vostre ordre exprés, ie viens tout de sçauoir.
LE ROY.
Hé bien d'ōc qu'à-t'il dit? dites tout sans rien feindre,
Ne me déguisez rien.
DORIMAN.
   Mon cœur commence à craindre, &c.
CLEON.
Apres mille regrets, apres mille remors,

Que par vn repentir il a pouſſé dehors,
Tout preſt de rédre l'ame à peine ouurant la bouche,
Il me tint ce diſcours dont le penſer me touche:
Ie ſuis digne de mort, dit-il, verſant des pleurs,
Digne d'eſtre accablé ſous le poids des mal-heurs,
Que côtre moy les Dieux armēt leur main du foudre,
Pour punir mes forfaits & me reduire en poudre,
Mon crime eſt ſans exemple, & ſi plein de fureur,
Que le ſeul ſouuenir me fait fremir d'horreur;
Ie ne puis m'excuſer d'auoir trahy mon Maiſtre,
D'auoir preſté la main à luy cauſer vn traiſtre;
Oüy Doriman a ſceu ſeduire mon eſprit,
Au poinct que d'accorder de faire vn faux eſcrit;
Comme ſeul ie ſçauois changer mon eſcriture,
Qu'on a pû iuſqu'icy deſcouurir l'impoſture,
Que le Prince luy-meſme à ces traits contrefaits,
De la lettre a douté s'il n'a point fait les traits:
Mais i'ay plus fait encor pour comble de malice,
Ie ſuis le meſſager pour couurir l'artifice,
Feignant d'eſtre ſurpris dans le piege tendu,
On m'arreſte ſans force où i'eſtois attendu,
On me conduit au Roy, vous auez ſçeu le reſte,
Et comme ma reſponcé au Prince fut funeſte,
Vous auez encor ſçeu le mauuais traitement
Que le Roy du depuis luy fait inceſſamment,
Comme on pourſuit ſa mort auec violence.
Là reprenant haleine il garde le ſilence,
Puis vn moment apres il pourſuit ſon diſcours;
C'eſt Doriman, dit-il, qui met fin à mes iours,
De la crainte qu'il a que i'euſſe dit ſon crime,
Me fait de ſa fureur la premiere victime:
Mais les Dieux ont permis que i'euſſe aſſez de voix
Pour le faire tomber ſous la rigueur des Loix,
Le declarer l'auteur des troubles de l'Armée,
Et l'ennemy iuré du Prince Ptolomée.
Les forces luy manquant, il change de couleur,

Par de foibles regards exprimant sa douleur,
D'vn cuisant repentir pour la plus forte marque,
Son ame en ce moment alla joindre la Parque.

LE ROY.

Sa mort a preuenu tout ce que la fureur
Pour punir vn tel crime eust inuenté d'horreur,
Ses forfaits sont plus grands que non pas son suplice,
Il falloit qu'en public on en fit la Iustice.
Et vous dont l'insolence est venuë à ce poinct
Qu'à l'imposture on voit l'attentat estre joint,
Qui par la calomnie auez sçeu me surprendre,
Pretendez-vous encor apres de vous deffendre?
Quoy! vous que i'auois crû plein de sincerité;
Vous que trop de fortune auoit si haut monté;
Il faut donc aujourd'huy dans ce grand auantage,
Que ma faueur vous serue à me faire vn outrage!
Et par vn artifice aueuglant ma bonté,
I'ay seruy de souitien à voitre lascheté.
Ah! ie sçauray punir vne telle imposture;
Voitre mort apprendra iusqu'où va cette injure.

PTOLOMEE.

Ah! Seigneur, pardonnez. ....

LE ROY.

　　　　　Ie sçay ce que ie dois,
Ton si lasche attentat t'abandonne à nos Loix:
Mais sçachons sa pensée apres cette menace,
Ecoutons sa responce, & voyons son audace.
Le Prince est innocent, & vous vn scelerat,
Pouuez-vous le nier apres voitre attentat?
Parle, parle meschant.

DORIMAN.

　　　　　Ie n'ay rien à respondre,
Mes crimes aüerez seruent à me confondre;
I'ay merité la mort, ie n'y repugne pas,
Le plus grand de mes maux ce n'est point le trespas:
Mais c'est d'auoir manqué d'assouuir mon enuie;

PTOLOMEE,

Que ma haine subsiste, & mon Riual en vie:
Mais puis qu'il faut perir signalons noftre mort,
Allons de crime en crime affronter noftre fort,
Mourons ; Mais meritons du moins noftre fuplice.

Il tire vn poignard.

Meurs, Ptolomée.

LA REINE.

O Dieux !

LE ROY.

Gardes qu'on le faififfe.

PTOLOMEE.

Ah! monftre efpouuentable.

DORIMAN.

O trop injuftes Dieux,
Falloit-il commencer pour n'acheuer pas mieux?
Pourquoy m'empefchez-vous d'affouuir ma ven-
geance?
Mon bras fçaura monftrer malgré vous fa puiffance,
Et pour l'auoir manqué voyez-le m'en punir,

Il fe frappe.

C'en eft fait.

LE ROY.

Quoy! ce traiftre a fçeu me preuenir?
Il dérobe fa vie aux rigueurs du fuplice,
Qu'on tafche à le fauuer pour en faire Iuftice.

DORIMAN.

L'on peut deffus mon corps exercer des tourmens,
Ie fçay trop meriter les plus grands chaftimens:
Mais en eft-il d'efgal à le voir me furuiure,
Mon cœur noyé de fang veut encor le pourfuiure,
Et mon corps chancelant chargé de fes forfaits,
Voudroit tomber fur luy, l'efcrafer fous fon faix,
Pour donner à mon bras dans vn refte de vie
Le pouuoir d'affouuir deffus luy fon enuie,
Qui r'animant fa force à le voir abbatu,
Pourroit d'vn dernier coup fignaler fa vertu,

Mais les Dieux ennemis de ce haut auantage,
Ne veulent que moy seul de victime à ma rage,
Qui retenans mon bras qui luy perçoit le flanc,
N'en ont souffert le coup que dans son propre sang.
O rigoureux Destin!

LA REINE.

O Ciel! quelle est sa rage?

PTOLOMEE.

A t'on rien veu de mesme?

BERECINTE.

Et peut-on dauantage?

LE ROY.

Qu'on le tire d'icy, ce Monstre furieux,
Ie ne puis plus souffrir cét objet odieux.

***

SCENE IX.

LE ROY, LA REYNE, PTOLOMEE, BERECINTE.

LE ROY.

PRince de tous vos maux effacez la memoire,
Ie reconnois ma faute, & vous rends vôtre gloire,
Le traistre Doriman qui causa mon courroux,
S'est attiré sur luy ce qui fut contre vous,
Oublions le passé, reprenons l'allegresse,
Prince viuez contant, ie vous rends la Princesse.

PTOLOMEE.

Quel excez de bonté vous me monstrez, Seigneur!
Quel bon-heur est le mien apres cette faueur!

En parlant à la Reyne.

Que ne vous dois-je point à vous aussi Madame?

VN GARDE *entrant.*

Le traistre Doriman, Seigneur, a rendu l'ame,

Tousiours en blasphemant contre les Immortels,

LE ROY.

Et nous pour reparer son crime à leurs Autels,
Allons leur presenter nos cœurs en sacrifices,
Loüer leurs saints decrets, & detester ses vices,
Et pour comble de joye allons en mesme iour
Acheuer l'Hymenée, & couronner l'Amour.

Fin du cinquiesme & dernier Acte.

www.ingramcontent.com/pod-product-compliance
Lightning Source LLC
LaVergne TN
LVHW020215030726
842520LV00003B/1080